Ike Sprenger

Ein Dutzend Orte

und ihre Zeitgeister

Kunst und Schrift im Grenzland

Kunst und Schrift im Grenzland

Ike Sprenger

Ein Dutzend Orte
und ihre Zeitgeister

Ein Episodenroman

Kunst und Schrift im Grenzland

Die Deutsche Nationalbibliothek verzeichnet diese Publikation in der Deutschen Nationalbibliografie; detaillierte bibliografische Daten sind im Internet über dnb.dnb.de abrufbar.

Titelblatt und Umschlaggestaltung: Edi Mann

Lektorat: Nicole Ickenroth

Herstellung und Verlag: BoD – Books on Demand, Norderstedt

ISBN 9 783 756 862443

Kontakt zur Autorin:

www.ikesprenger.de

coaching@ikesprenger.de

„Ist es unser Auftrag … unser Leben als Geschichte zu be-
greifen und dementsprechend zu leben, dass am Ende eine
Geschichte entstanden ist, die man gerne liest?"

Greta Lührs, Hohe Luft

Für meinen Sohn Leon und meine Nichte Nicole – ein Stück
persönlicher Zeitgeschichte

The show must go on!

Nachkriegsdeutschland

Anna lebt mit ihren Eltern und ihrer Schwester in der Hufelandstraße, einer Hauptverkehrsstraße, an der das Universitätsklinikum Essen entstehen wird. Noch ist es ein Lehmberg vor dem alten Krankenhaus, in dem sie das Licht der Welt erblickt hat. Zwei Zimmer bilden die Basis für das gemeinsame Leben und die Arbeit der Eltern. Täglich werden die Zimmer zum jeweiligen Zweck hergerichtet.

Da ist zunächst die Wohnküche. Dort beginnt der Tag mit dem gemeinsamen Frühstück, anschließend werden die Kinder zur Schule verabschiedet.

Die Küche wird umgebaut zum Büro der aufstrebenden Firma „Sprenger und Gerdelbracht", ein Abbruchunternehmen, das die Schäden und Reste des 2. Weltkriegs entfernen soll und damit die Gedanken an die Vergangenheit: Alles muss weg, alles soll neu!

Um die Mittagszeit wird die Küche kurzfristig zum Schulzimmer, Mittagessen und Hausaufgaben stehen an, dann werden die Kinder - wie alle anderen Kinder der Straße - zum Spielen nach draußen geschickt. Sie müssen den Eltern „unter den Füßen weg" und organisieren sich in der großen Welt der Straßenkinder[1] selbst.

Und was für eine Welt das ist: die Hinterhofgärten, noch ohne Zäune, führen in die zwar verbotenen, aber desto spannenderen Trümmergrundstücke, in denen es alles zu entdecken gibt, von Patronenhülsen bis zu rostigen Werkzeugen aller Art.

Und dort steht auch ihr Zauberbaum. In seinen Ästen lässt sich wunderbar turnen, Überschläge machen nach vorne und hinten

---

[1] In den 1950er Jahren wurden alle Kinder, deren Mütter berufstätig waren, als „Straßenkinder" betitelt. In den 1960er Jahren wurden sie als Schlüsselkinder bezeichnet.

an genau platzierten Astgabeln. Wie liebt sie dieses Geturne. Bis zu dem Tag, an dem ihr linker Fuß in einer Gabel hängen bleibt und sie ihn nicht mehr herausheben kann. Hilflos im Baum hängend schreit sie sich Seele aus dem Leib, bis ein Bauarbeiter vom benachbarten Grundstück sie hört und befreit. Er bringt sie nach Hause und ihre Mutter tut, was sie immer tut: Sie steckt sie ins Bett, denn Schlafen ist bekanntlich die beste Medizin.

Dieses Bett, das Küchensofa, ist gerade frei, weil kein Publikumsverkehr im Büro herrscht. Die Nachtbetten stehen zusammengeklappt und mit Vorhängen versehen an der Küchenwand. Sie kommen erst nach dem Abendessen zum Einsatz.

Vorm Schlafengehen treffen die Kinder noch kurz auf den allabendlichen Besuch: Fritz und Lotte Reidick. Fritz und Annas Vater haben sich im Krieg in russischer Gefangenschaft kennengelernt. Zwei Männer, die nie aufeinander getroffen wären ohne den Krieg.

Sie erzählen nichts über den Krieg wie die meisten Männer, die traumatisiert und fast verhungert zurückgekommen sind. Fritz und den Vater haben die gemeinsamen Erlebnisse zusammengeschweißt und damit für alle eine Lebenssituation geschaffen, die bis zum Ende von Annas Kindheit bestimmend sein wird. Die Frauen, Mutter und Lotte, sind eingewoben in den Kokon täglicher Begegnungen und dementsprechend auch Anna und ihre Schwester.

Am Abend laufen also Fritz und Lotte in der Hufellandstraße auf, Butterbrote in der Tasche, der Schnaps steht bereit. In der Küche werden die Betten heruntergeklappt und die Kinder hineingesteckt. Die Erwachsenen gehen zum Rauchen und Trinken in das zweite Zimmer, das Wohnzimmer.

Auch dieses Zimmer ist Wohnzimmer auf Zeit. Sobald die Reidicks nach Hause gehen, werden die Kinder ins verräucherte Wohnzimmer getragen, wo die Bettcouch ausgefahren ist und sie den

Rest der Nacht verbringen. Die Eltern verziehen sich in die Klappbetten in der Küche, die noch angewärmt sind von den Kindern.

Früh morgens beginnt der Kreislauf erneut. Klappbetten hoch, Frühstück, zur Schule gehen, arbeiten, damit es etwas wird mit dem Abbruchunternehmen.

Den Kindern gibt das Einerlei Sicherheit. Für Zuwendung ist keine Zeit im Nachkriegsdeutschland.

Winter

Zehn Jahre später ist es soweit, die Familie kann die Enge der Zweizimmerwohnung verlassen.

Der Umzug in die Küntzelstraße im gleichen Stadtteil ist wie ein Umzug in einen Palast. Fünf Zimmer stehen zur Verfügung. Die Eltern sind froh. Ein Zimmer hat einen Extraeingang vom Hausflur aus, das wird das Büro des Abbruchunternehmens. Es kümmert keinen, dass es in der 4. Etage liegt, denn der Publikumsverkehr beschränkt sich auf die Kompagnons Sprenger und Gerdelbracht, die Mutter als heimliche Geschäftsführerin und die Arbeiter, die einmal die Woche ihre Lohntüten abholen. Gelegentlich kommen die Arbeiter sich auch beschweren, wenn die Herren Unternehmer sie ungerecht behandelt haben. Mutter regelt es, und so steigt man gerne für beides in den 4. Stock.

Neben dem Büro liegt das Wohnzimmer, ausgestattet mit einem Ölofen, der stinkt, wenn er angesteckt wird, aber das ist nur selten, denn Öl ist teuer. Besuche und Feiertage bilden die Ausnahme. Ansonsten gibt es eben einen Klaren für die Männer und einen Eckes Edelkirsch für die Damen, damit man die im Zimmer herrschende Kälte und Feuchtigkeit nicht so spürt.

Gegenüber, von einem langen Flur abgehend, liegt die Wohnküche, in der sich das Leben der Familie wie gewohnt abspielt. Das bequeme Küchensofa aus der Hufelandstraßei ist ausgetauscht worden durch die Bettcouch aus dem damaligen Wohnzimmer. Ein Kohleofen, auf dem gekocht wird, sowohl das Mittagessen als auch die Kochwäsche, sorgt für heimelige Wärme und merkwürdigste Geruchskombinationen.

Neben der Küche befindest sich ein Gäste-WC, das als neuste Errungenschaft angepriesen wird, denn so etwas hat sonst keiner in der Nachbarschaft. Dass das Badezimmer keine Toilette besitzt, verschweigen wir lieber.

Weiter den Flur entlang geht es in das Elternschlafzimmer, ganzjährig unbeheizt und ausgestattet mit den Ehebetten, einem Kleiderschrank und zwei Nachtschränkchen. Deutsch eben.

Durch das Elternschlafzimmer kommt man rechts in das Kinderzimmer. Die alt bewährten Klappbetten stehen an der Wand, in der Mitte gibt es einen Tisch mit vier Cocktailstühlen. Der Tisch ist resopalbeschichtet mit Goldrand, die Stühle mit rotem und gelben Plastik überzogen. Kein Schreibtisch, geschweige denn ein Bücherregal, zum Lesen ist keine Zeit in der Arbeiterfamilie, die sich jetzt Bauunternehmer nennen. Um bei der Wahrheit zu bleiben, **ein** Buch gibt es: ein schon sehr ramponierter Volksbrockhaus, der beim Tod der Mutter 50 Jahre später auf Anna, die jüngere Tochter vererbt werden wird.

Auch das Kinderzimmer ist unbeheizt und so muss im Winter das tägliche Ritual erweitert werden: Frühstück in der Küche, Schule und Arbeit - jetzt im Extrabüro mit Telefon.

Mittagessen, Hausaufgaben in der Küche, dann Kinder auf die Straße geschickt bis die Laternen angehen, Abendessen.

In der Wintervariante: heißes Wasser in Steingutflaschen füllen, Steinheger für die Eltern, Schinkenheger für die Kinder, und ab mit den Flaschen in die eiskalten Ehe- und Klappbetten. An den Tagen, an denen der Atem weiße Wölkchen beim  Ausatmen macht, gibt es noch zusätzlich Grog oder Rotwein mit Traubenzucker, auch für die Kinder. Dann spürt man die Kälte nicht mehr.

Als Letztes geht ein kleines Bad vom Elternschlafzimmer nach links ab. Badewanne, Waschbecken, auch unbeheizbar. So wird man zum Weltmeiseter der Katzenwäsche.

Außer Samstags, da ist Badetag.

Samstags

Es ist das Jahr 1959. Und es ist Samstag.

Noch ahnt niemand, dass es einmal einen schulfreien Samstag geben wird oder gar eine Fünf-Tage-Woche.

Und doch unterscheidet sich der Samstag von den anderen Wochentagen, denn er ist Putz- und Badetag. Für Anna ist er der schlimmste Tag der Woche.

Während sich ihre Mitschülerinnen aus den besseren Verhältnissen auf den Schulschluss und das anstehende Wochenende freuen, graust es Anna vor der unausweichlichen Samstagsroutine, die startet, sobald sie von der Schule nach Hause kommt.

Sie beginnt mit der traditionellen Erbsensuppe. Wie sie diese zu hassen gelernt hat. Alles wird solange durch den Wolf gedreht, bis nur noch ein hellgrüner Brei übrig bleibt. Das muss so sein, denn der Vater hat einen schlimmen Magen, den er aus russischer Gefangenschaft mitgebracht hat, wo sie oft „Dreck vom Boden" aßen, um überhaupt etwas im Magen zu haben.

Anna hatte es gewagt zu sagen, dass sie keine Erbsensuppe mag. Da war der Teufel los. Der Vater, sonst eher ein ruhiger Vertreter seiner Art, brüllte los: „Ich hoffe, du wirst einmal in deinem Leben soviel Hunger haben, dass du dem Herrgott auf den Knien danken wirst für eine Erbsensuppe, und jetzt iss."

Nach dem Mittagessen beginnt der Hausputz. Die Mutter geht voran ins Kinderzimmer, macht den Kleiderschrank auf: „Wie sieht es denn hier aus?" Sie wirft den Inhalt des Schranks auf die Cocktailsessel und weist an: „Ihr werdet das Zimmer erst dann wieder verlassen, wenn alles blitz und blank ist." Sie stellt noch den Putzeimer ins Zimmer und schließt dann die Tür.

Die ältere Schwester möchte zu ihrem Freund und ist sehr motiviert, das Putzen schnell hinter sich zu bringen. Anders Anna. Sie weiß, dass nach dem Putzen für sie die Badewanne ansteht, mit Haare waschen, was das eigtliche Drama ist. Anna hat Locken bis zur Hüfte, die in feste Zöpfe geflochten sind. Nach dem Waschen springen diese in alle Richtungen und verzwirbeln sich heftig. Das anschließende Kämmen ist eine Tortur, die ihr die Tränen in die Augen treibt. Doch damit nicht genug. Anschließend wir noch geföhnt, damit es keine Erkältung gibt.

Der Föhn, ein Wunderwerk der technischen Entwicklung der 1950er Jahre, ist ein umgebauter Staubsauger. Ein Vorwerkstaubsauger selbstverständlich, dessen Zubehör und Ersatzteile einmal im Jahr vom Vorwerkmann ins Haus geliefert werden. Er präsentiert der Mutter den Föhnaufsatz: Staubsaugerschlauch, Stange und Beutel werden vom Staubsaugerkopf abmontiert, auf die Öffnung zum Schlauch kommt nun das Föhnrohr, für Kinder besser ohne Haube. Statt ansaugen, wird jetzt ausgepustet. Der Ausstoß ist heftig, die

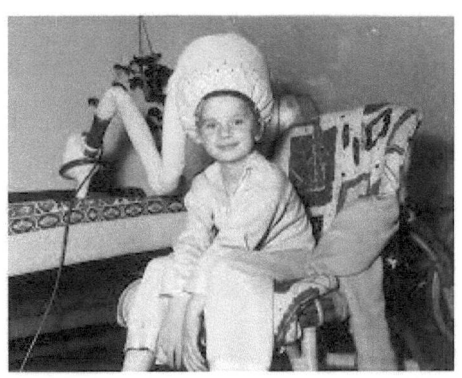

heiße Luft trocknet blitzschnell und blitzschnell überzeugt die Mutter. Dass meist noch etwas Staub vom saugen mitkommt, wird in Kauf genommen. Der Föhnaufsatz ist erworben, dazu noch ein Fuß, um den Staubsaugerkopf auf den Tisch zu stellen. So können die Kinder zum Trocknen davor gesetzt werden und die Mutter hat Zeit für anderes.

Mit dem Satz: „Ruf mich, wenn die Haare ganz trocken sind" wendet sie sich wichtigeren Dingen zu.

Der Gebläse schmerzt in den Ohren und wenn es zu doll wird, kommt Watte hinein. Und dann beginnt die zweite Kämm-Arie. Die nun trockenen Locken sind noch verstrubbelter als die nassen und brauchen 20 Minuten Bearbeitung mit dem Kamm, bevor sie wieder in feste Zöpfe gebunden werden können.

Für Anna ist der Tag gelaufen. Das hilft auch keine „Familie Schölermann" mehr am Abend im Fernsehen. [2]

---

[2] „Familie Schölermann" war die erste Familienserie im deutschen Fernsehen. Sie wurde von 1954 – 1960 mit 111 Folgen ausgestrahlt.

1968

Mittlerweile ist Anna eine junge Frau von 17 Jahren geworden. Der Vater ist gestorben, die Schwester hat geheiratet und ist ausgezogen.

Anna besucht die BMV-Schule, das katholische Mädchegymnasium mit dem besten Ruf in Essen. Ihre Mutter hat alles getan, um einen Platz zu ergattern, denn wer dort Abitur macht, dem ist eine gute Position in der Essener Stadtverwaltung sicher.

Es ist das Jahr 1968, die Studentenproteste spitzen sich zu, dringen jedoch nicht vor in die alterwührdigen Hallen der BMV-Schule. BMV – Beata Maria Virginis – die glückliche Jungfrau Maria und ihre Augustiner Chorfrauen halten die Welt draußen.

Anna hat inzwischen Vorlieben für französische Literatur und Philosophie entwickelt. Ihr Philosophie- und Religionslehrer, der einzige Mann der Schule, empfiehlt einen Kurs im Jugendzentrum zum Thema: „Was ist die Seele?"

Dort trifft Anna auf Jochen, den ersten Provo in ihrem Leben. Hart diskutiert er mit dem Kursleiter, dass es keine Seele gibt, es sei denn, er könne ihm das Gegenteil beweisen und ihm den genauen Wohnsitz der Seele benennen.

Anna ist verwirrt. Sie will doch über das Wesen der Seele philosophieren und sich nicht mit einem Mann streiten, der behauptet, seine Seele befände sich in seinem linken Knie.

Während sie überlegt, den Kurs abzubrechen, heftet sich Jochen an ihre Fersen. Er trifft sie zufällig auf der Straße und steht dann plötzlich vor ihrer Wohnungstür. Ihre Mutter zögert. Soll sie den Mann reinlassen, mit der Tochter allein lassen, und wer ist das überhaupt?

Jochen hat sich während dessen zu Annas Zimmer vorgearbeitet. Er blickt erstaunt auf das vor ihm liegende Chaos. Alle Kleidungsstücke sind im Zimmer verteilt, denn Anna will sich ein Karnevalskostüm zusammenstellen und weiß noch nicht womit. Jochen räumt einen Cocktailsessel für sich frei, greift nach seinem Taschentuch, um den Plattenspieler zu entstauben und erkundigt sich nach Annas Plattensammlung. Die ist nicht sonderlich bestückt, dazu fehlt ihr das Geld, außerdem singt sie lieber selbst, laut und falsch.

Jochen schenkt ihr Frank Sinatras „My way" und bittet sie hartnäckig, seine Freundin zu werden. Während sich die Beziehung langsam entwickelt, hat die Mutter ein Haus gekauft. Es war schon immer ihr größter Wunsch, ein eigenes Häuschen zu besitzen. Das Haus steht auf dem Fulerumer Feld, einem Acker auf Erbpacht. Mutter und Anna ziehen nach Mülheim und Jochen gleich mit.

§ 180

Im Fulerumer Feld, dem Vorzugsort aufstrebender Handwerker mit ihren Einfamilienhäusern, ist die Welt noch in Ordnung.

Mißtrauisch werden Anna und Jochen beobachtet. Ihr Rock ist zu kurz, er hat einen Vollbart und sieht aus wie John Lennon, einer dieser langhaarigen Pilzköpfe aus England mit der Negermusik. Wie kann es die Mutter nur zulassen, dass ihre Tochter mit so einem zusammen ist. Sie macht doch einen anständigen und fleißigen Eindruck. Da fehlt eindeutig der Mann im Haus, der sagt, wo's lang geht. Die Damen der Siedlung sind sich einig: es besteht Klärungs- und Handlungsbedarf.

Die Nachbarin zur Rechten, Frau Müller, übernimmt die Initiative. Sie stellt die Mutter vor der Haustür zu einem Nachbarschaftsplausch.
„Sie haben ja eine hübsche Tochter. Wie alt ist sie denn?"
„17."
„Dann ist sie ja noch gar nicht volljährig. Haben Sie ihr so jung erlaubt zu heiraten?"
„Ah, sie sind gar nicht verheiratet?"
„Tja, Ihr zukünftiger Schwiegersohn ist ja ein ganz Früher. Kommt schon um 8.00 Uhr aus Ihrem Haus, wie früh muss er angekommen sein."
„Also, wir, die Nachbarschaft wollen nur sicherstellen, dass Ihnen nichts passiert. Sie kennen doch den § 180."
„Nein?"
„Das ist der Kuppeleiparagraf. Geschlechtsverkehr mit Minderjährigen ist strafbar. Und wer Minderjährigen die Möglichkeit dazu gibt, macht sich mit strafbar. Man kann sogar dafür ins Gefängnis kommen. Da hilft auch nichts, dass die beiden verlobt sind."

Und so wird das Aufgebot bestellt, damit Ruhe in der Nachbarschaft einkehren kann. Kurz darauf fällt der Kuppeleiparagraf – 1968 in der DDR, 1969 in Restdeutschland.

Die Ehe mit Jochen ist kurz, eigentlich vorbei bevor sie richtig angefangen hat. Denn kurz vor dem Hochzeitstermin verliebt sich Anna unsterblich in Peter, den Abiturienten mit den wunderschönen langen Haaren und dem feingliedrigen Körper. Er ist noch Jungfrau und sie verspürt den brennenden Wunsch, ihn in die Liebe einzuführen. Sie ist geradezu verliebt in diese Idee, denn Ahnung von der Liebe hat sie keine - und auch nicht den Mut, das Aufgebot wieder abzubestellen.

Sie heiratet, obwohl sie innerlich schon geschieden ist. Ihr Werben um den schönen Abiturienten geht weiter und dauert, bis sie ihn endlich soweit hat, mit ihr zu schlafen. Es ist ganz schön, aber das Beste daran ist das Gefühl von Erfahrenheit, das es ihr gibt.

Mit Jochen lebt sie noch einige Zeit im Haus der Mutter. Von dort aus fährt sie drei Mal die Woche mit Mecky, ihrer besten Freundin, nach Dortmund zum Studium.

An der Uni herrscht Aufbruchstimmung, es wird permanent gestreikt. Anna mit ihrer Klosterschulvergangenheit ist eigentlich zu brav, und dennoch reißt sie die Stimmung dieser wilden Zeit einfach mit.

Peter hat eine Freundin aus Pfadfinderzeit, die in Bochum im Papageienhaus wohnt, einem Studentenwohnheim mit Studierenden aus allen Schichten, Lagern und Ländern. Sie heißt Hille und ist eine Frau mit unterschiedlichen Augen, eins grün, das andere braun und ganz unterschiedlichen Brüsten, die rechte schwer und rund, die linke klein und spitz. Sie ist von großer Fröhlichkeit, und wenn sie hochbrodelt, wird alles in ihrer Nähe zu einem runden Ganzen. Hilles Zimmernachbar Karl, mit den großen Augen und dem Silberblick, ist ein begnadeter Gitarrenspieler, der seine Zuhörerinnen im Schein einer Stumpenkerze ins akkustische Paradies zupft.

Gleich nach dem ersten Abend ist für Anna klar: Hier will ich wohnen, Teil dieser Atmosphäre und internationalen Gemeinschaft sein.

Nach nicht einmal einem Jahr Ehe packt sie ihren VW Käfer und zieht ins Papageienhaus. Peter zieht nach, doch sie verlieren sich schnell aus den Augen.

Pagageienhaus

Pagageienhaus, welch ein exotisches Wort für die beiden scheußlichen Hochhäuser, die das Studentenwohnheim bilden. Angestrichen in stumpfen Rot, Blau und Weiß stehen sie da, 14 Etagen, angefüllt mit jeweils 16 Zimmern, Leichtbeton, das Billigste vom Billigen. Jedes Zimmer ist gleich, 10 Quadratmeter, Bettcouch mit Bettkasten, in dem tagsüber Decke, Kissen und Laken verstaut werden können, Schreibtisch, ein Regal als Raumteiler vor dem Waschbecken, Einbauschrank. Toiletten und Duschen befinden sich auf dem Flur, ebenso die Gemeinschaftsküche mit Einbauschrank und Vierertischen mit abgezählt 16 Stühlen.

Anna hat Glück mit ihren 15 Mitbewohnern, denn es wird nichts geklaut. Eine zweite Frau wäre nett gewesen, aber was soll's, so ist sie nun die einzige Prinzessin der 8. Etage.

Die erste Nacht schläft Karl bei und mit ihr, damit sie sich schnell heimisch fühlt. Das ist nicht ungewöhnlich in dieser Zeit von Love, Peace and Drugs. Bevor sie sich Hoffnung auf ihn machen kann, macht er jedoch deutlich, dass er verlobt ist und sie nie ein Paar werden. Seine Verlobte kommt immer zum Wochenende und sie führen ein Eheleben, wie es sich für ein altes Paar gehört: gemeinsam vorm Fernseher, sie strickt, er trinkt ein paar Bierchen, dann geht es ins Bett. Ab Montag gehört Karl dann wieder zur Szene, greift abends zu Joint und Gitarre, während er tagsüber fleißig studiert. Er wird einmal Mitglied der Führungsriege von ThyssenKrupp sein.

Bei der ersten Etagenfete lernt Anna ihre Nachbarn zur Rechten und Linken kennen: Anders, der schwedische Medizinstudent und Samir, der angehende ägyptische Ingenieur.

Anders hat ein Grüppchen Landsleute mitgebracht, die anderen, so vorhanden, ihre Freundinnen. Es wird gebluest, geschmust, gerockt und getrunken. Die Schweden sind als erste blau. Sie trinken immer viel, weil der Alkohol in Deutschland im Gegensatz zu Schweden so billig ist.

Anna kann mithalten, sie ist ja durch ihre Familie in Übung. Aber das Rauchen muss sie noch lernen. Alle rauchen, immer und überall, in der Küche, in den Zimmern, in den Hörsälen, in den Kneipen, sogar in Bus und Straßenbahn.

Rauchen ist wichtig, denn Marihuana gehört zum Alltag im Papageienhaus. Die Clique um Karl und Hille raucht Drum, den blauen selbstverständlich. Anna hustet sich die Lunge aus dem Leib beim Eingewöhnen in Tabak und Shit. Irgendwann geht es. Zur Belohnung bekommt sie zum 22. Geburtstag einen LSD-Trip von Willi geschenkt, Hilles neuem Lover.

Noch-Ehemann Jochen, der nicht aufgegeben hat, Anna zurückzugewinnen, hat sich auch eine Geburtstagsüberraschung ausgedacht. Er läd ihre alten und neuen Freundinnen und Freunde zu einer Geburtstagsfete im Papageienhaus ein.

Während die Party steigt mit Musik, Tanz und Rotwein, schluckt Anna unter Willis Aufsicht das LSD. Er ist ihr Tripbegleiter. Anna spürt nichts. Dann muss sie zum Klo. Die Etagentoilette ist mit diesen allgegenwärtigen gelben Fliesen bestückt, auf dem Boden, an den Wänden und in der Dusche. Und während sie auf der Klobrille sitzt, verändert sich die Welt. Ein Farbenmeer ploppt auf. Die Kacheln leuchten neongelb und grün, die Türklinke wabert vor sich hin, die Fußleiste hat Fahrt aufgenommen. Anna sitzt, staunt und lacht über das Farben- und Formspektakel bis ein Donnern sie aus der Trance reißt. Fäuste hämmern an der Toilettentür, Stimmen rufen ihren Namen, die Trenntür zur Nachbartoilette wird abmontiert und Willi erscheint: „Da bist du ja, wir suchen dich seit über einer Stunde."

Anna ist verwirrt. Sie legt sich auf den Boden vor der Dusche und zittert. Jochen - kreidebleich - beugt sich über sie und fragt, was mit ihr los ist. Anna kann nicht sprechen und Willi übernimmt: „Sie ist auf Trip." Jochen schüttet einen Schwall von Vorwürfen über ihn aus - von unverantwortlich bis total idiotisch, während Willi Anna packt und in sein Zimmer schleift. Er legt Pink Floyd „Wish you were here" auf und Anna fliegt mit der Musik zurück in die Bilderwelt.

Alles ist wieder gut. Willi ist eben ein guter Tripbegleiter.

Die 1970er Jahre

Anna und ihre Freundin Mecky studieren in Dortmund Heilpädagogik. Obwohl - von klassischem Studieren kann keine Rede sein. An der heilpädagogischen Fakultät gibt es zwei Lager. Das eine wird durch Lehrpersonen im Amt bestückt, die ein Aufbaustudium Heilpädagogik absolvieren und sich gegenseitig mit Frau Kollegin und Herr Kollege ansprechen. Die Anderen, die sogenannten Grundständigen, sind Studierende, die direkt von der Schule kommen und nun Heilpädagogik studieren wollen. Ihnen gemeinsam ist das Interesse an „abweichendem Verhalten" und den Randgruppen der Gesellschaft.

Für die Grundständigen gibt es weder Studienordnung noch Prüfungsordnung. Keiner weiß und sagt ihnen, wo es lang geht, der Studiengang wird gerade erfunden. Während dessen organisieren sich seine Absolvent*innen in Selbsterfahrungsgruppen, die einen politischen Anspruch haben.

Eine davon wird von Dieter Duhm geleitet. Seine Doktorarbeit: „Angst im Kapitalismus" wird zum Wegweiser für Studierende und die politische Linke des Mittelbaus. Für Anna wird eine seiner Kernsagen „Wo die Angst ist, geht's lang" zur langjährigen Richtschnur ihres Lebens.

Darüber hinaus arbeiten sich Anna und Mecky durch die blauen und roten Bände der Politökonomie. Blau sind die Schriften von Marx und Engels, rot die von Lenin.

Die heilpädagogische Fakultät liest dazu noch „Bambule", die kritische Analyse der Fürsorgeerziehung von Ulrike Meinhoff und

„Klau mich" von Fritz Teufel. Beide Bücher verschwinden später aus der Universitätsbibliothek, eines davon gerade noch rechtzig in Annas Bücherregal, bevor es auf den Index kommt.

Während sich Anna die Grundlagen der Politökonomie aneignet, müssen die Mediziner im Papageienhaus entscheiden, wo sie ihre klinischen Studien fortsetzen wollen. Anna und Anders sind mittlerweile ein Paar, das Universitätsklinikum Essen ist nicht weit entfernt und Essen ja Annas Heimatstadt. Und so entscheiden sich Anna, Anders, Pi und Svenja eine WG in Essen zu gründen.

Es ist nicht leicht, eine Wohnung zu finden, denn es gibt erst eine einzige Wohngemeinschaft in Essen, und zwar im Norden, wo es dem Vermieter nicht so darauf ankommt, wer die Mieter sind, Hauptsache das Geld stimmt. Annas Mutter, mittlerweile eine anerkannte Bauunternehmerin, ist bereit, für die „Kinder" zu bürgen und so finden sie ein Haus in Essen Frintrop, das nicht leicht zu vermieten ist, ohne dass die Eigentümer Geld zur Renovierung hätten hineinstecken müssen.

Wohngemeinschaft

Das kleine grüne Haus in der Heilstraße wird für die nächsten Jahre Annas Zuhause und gleichzeitig der Treffpunkt der angehenden Mediziner und Pädagoginnen.

Das Haus beherbergte zuvor einen Friseursalon. Entsprechend groß sind die Schaufenster des Zimmers, das Anders und Anna bewohnen. Gleich zu Anfang schenken ihnen die Nachbarn Gardinen, da die neuen Mieter anscheinend zu arm sind, um sich welche leisten zu können, doch im Grunde wollen sie sich selbst daran hindern, ständig hineinzugucken. Anders nagelt die Gardinen an die Wand über dem Fenster und gut ist es.

Das Zimmer erstreckt sich über die ganze Hausbreite von der Straßenseite bis zum 800 Quadratmeter großen Garten, dem Prunktstück des Grundstücks. Dort spielt sich das Sommerleben ab. Die andere Seite des Hauses besteht aus zwei Zimmern, die Pi und Svenja bewohnen. Der Flur in der Mitte ist das Wohnzimmer, bestehend aus den Matratzen der Klappbetten aus Annas Elternhaus auf dem Boden und einem flachen Tisch. Der Raum wird nur benutzt, um Grundsätzliches zu klären: Verteilung der Hausarbeit, Geld- und Essensbeschaffung und natürlich Teilnahme an politischen Schulungen sowie die Diskussion über die politisch korrekte Einstellung. Der Rest des Lebens spielt sich in der Küche ab. Vom Wohnflur führen drei Stufen zur Gartentür hinunter und von da nach links eine weitere zur Küche. Hinter der Küche liegt das Badezimmer mit Wanne und einem alten Heißwasserboiler und die extra Toilette.

Jeden Tag gibt es Besuch und die WG-Bewohner*innen rücken zusammen, um für alle in der Küche Platz zu schaffen. Gelegentlich landet auch mal ein Besucher in der Badewanne und sie fragen sich, wer ihn überhaupt mitgebracht hat. In der ersten Etage gibt es noch ein kleines Dachzimmer für diejenigen, die sich gelegentlich zurückziehen wollen und müssen. Zumindest gibt es das solange bis Bärbel einzieht, um dort mit Anna und Mecky die Diplomarbeit zu schreiben.

Aber soweit sind wir noch nicht, erst einmal muss Geld her. Die Mediziner machen Nachtdienste, Anna und Mecky Flohmarkt. Anna hat sich auf Bettwäsche und Handtücher mit Spitzen spezialisiert, die sie als Kiloware bei Manock, dem „Klamottenmüll" kaufen kann. Gekocht und eingefärbt in kräftigen Farben verschwinden die Stockflecken und die Stickereien kommen gut zur Geltung: „Ruhe wohl", „Süß geschlummert, wird der Tag ein guter", „Unserer lieben Oma zum Geburtstag" ist in Dunkelrot und Blau zu lesen.

Es ist das Jahr 1977. Hans Martin Schleyer, Arbeitgeberpräsident und ehemaliger SS-Unterscturmführer, wird entführt und die Razzien beginnen. Auch die Heilstraße wird nicht verschont.

Sechs Polizisten stürmen das Haus. Gollo und Willi, zwei der WG-Hunde, setzen zur Verteidigung ihres Eigentums an. Der dritte Hund ist gerade unterwegs in Frintrops Vorgärten. „Hunde weg oder sie werden abgeknallt", blafft der Polizist, der als Erster das Haus mit einer Maschinenpistole betritt. Das ist gar nicht so einfach, da die Hunde im Adrenalinrausch weder hören noch gehorchen wollen. Anna zerrt die Hunde aus dem Weg und Pi, der Umsichtigste der Bewohner, nähert sich dem nächststehenden Polizisten und fragt höflich nach, was denn überhaupt vorliege.

Zwischenzeitlich hat ein weiterer Bulle das lebensgroße Skelett, den Stolz der Mediziner, auseinandergerissen, denn die fürsorglichen Nachbarn haben angegeben, in seinem Schädel seien Drogen versteckt. Die verbleibenden anderen Polizisten durchsuchen das Haus vom Keller bis zum Dach und werden endlich fündig. Vier alte, leicht angegammelte Koffer haben sie entdeckt, die sie nun der versammelten WG präsentieren: „Und was ist das? Was habt ihr hier versteckt?" Anna setzt an: „Damit verdiene ich meinen Lebensunterhalt." „Das kann ich mir lebhaft vorstellen", unterbricht sie der erste Bulle, der immer noch die Knarre in der Hand hält. „Aufmachen!" Anna öffnet die Koffer und herausfällt Spitzenwäsche ganz unterschiedlicher Art. Das letzte Mal hat sie bei Manock Unterröcke gefunden und rot eingefärbt. Sie ergänzen nun das „Schlafe süß"-Repertoire. Die Bullen sind sauer, denn mehr ist nicht zu finden. Welche Ironie, dass sie später die Leiche Hans Martin Schleyers tatsächlich in Koffern finden.

Das Haus in der Heilstraße zieht wie ein Magnet neue Mitbewohner*innen an. Zuerst zieht Pis Freundin Barbara ein. Barbara heißt eigentlich Roswitha, wie sie beim Tod ihrer Eltern erfährt. Sie ist adoptiert und ihre Adoptiveltern wollten eben eine Barbara. Dann verlässt Svenja die WG, sie will nicht länger das Durchgangszimmer für Pi und Barbara sein. Wie durch ein Wunder ist Jochen, Annas Noch-Ehemann, zur Stelle und übernimmt Svenjas Platz. In das Dachzimmerchen zieht Bärbel, um mit Anna und Mecky nach 12 Semestern endlich das Diplom anzupeilen. Nach den Jahren des Streiks und der Politischulungen sind die drei Mädels beim Feminismus gelandet. Die klassische Linke bietet Frauen kein politisches Zuhause mehr. Für die Linke ist die neue Frauenbewegung ein Nebenwiderspruch neben dem Hauptwiderspruch zwischen Kapital und Arbeit. Anna will auf keinen Fall ein Nebenwiderspruch sein. So fällt sie durch die Aufnahmeprüfung der KPDML, die die richtige Gesinnung prüfen soll, was ein Glück ist, denn endlich kann sie wieder sein, was sie im Grunde ihres Herzens schon immer ist: Ökologische Feministin und Kämpferin gegen alles, was die menschliche Freiheit einschränken will.

Mit Bärbel zieht ein ganzer Rattenschwanz wechselnder Personen in die Heilstraße. Zunächst ist da Arno, ihre große Liebe, der immer nur kommt, wenn er pleite ist. Bärbel erforscht im Rahmen der anstehenden Diplomarbeit „Ursachen und Gefahren des Drogenkonsums in der BRD" erfolgreiche Projekte des Entzugs, während sich Mecky und Anna um die soziologische und psychologische Ursachenforschung kümmern. Bärbels Hauptpraxisfeld ist Synanon Berlin, wo die Junkies den härtesten Entzug machen, um anschließend über Monate resozialisiert zu werden: ein Monat nur Kloputzen, dann Hausputz, Küchenhilfsarbeit. Nach einem Vierteljahr endlich Kochdienst fürs Haus, nach einem halben Jahr erster Ausgang zu zweit zum einkaufen. Wer bis dahin nicht getürmt ist, bleibt in der Regel zumindest eine zeitlang clean. Bärbel verliebt sich in Peter, der inzwischen ein Jahr drogenfrei ist. Er darf sie in Essen besuchen, allerdings nur in Begleitung von zwei weiteren Synanon-Mitbewohnern.

Und so leben zwischenzeitlich Pi und Barbara in einem Zimmer, Jochen - mittlerweile Lehrer - mit seinem ganzen Schulgerümpel im 2. Zimmer, Anna und Anders im 3. und Bärbel mit Peter auf dem Dach, im Flur die Synanombegleiter und abends in der Miniküche diverse Besucher.

Es ist klar, das Haus ist zu klein, ein neues muss her.

Übergänge

Jochen findet ein komplettes Wohnhaus in Frohnhausen und gleich zwei neue Mitbewohnerinnen zum Einzug: Beate und Pia, Sozialarbeiterinnen auf der Suche nach einer WG.

Das Haus in der Freytagstraße hat vier Etagen und ist - wie sollte es anders sein - renovierungsbedürftig. Paterre gibt es eine Zweizimmerwohnung ohne Bad, auf den anderen Etagen drei Zimmer, auch ohne Bad. Man wäscht sich am alten Steinwaschbecken in der Küche und hat die Toiletten auf dem Flur, eine halbe Treppe hoch oder runter, je nachdem.

Doch jetzt ist Umbruchzeit. Willy Brandt ist Bundeskanzler und alles ist im Aufbruch. Auch die Bau- und Immobilienwirtschaft. Die billigste und gewinnbringenste Form ein marodes Wohnhaus umzubauen, ist, es für eine Wohngemeinschaft herzurichten. Die ist anspruchslos und dankbar.

Paterre muss nichts geschehen. Die beiden Zimmer werden zur Gemeinschaftsküche und zum Wohnzimmer. In der ersten Etage wird ein Zimmer zum Badezimmer umgebaut, mit einer Badewanne, einer Dusche, zwei Handwaschbecken und einer Toilette. Das sollte wohl reichen für eine WG von 7 Personen. Als Ausweichmöglichkeit wird noch eine Toilette auf halber Treppe zur 2. Dusche umgebaut. 7 x 300 DM werden verlangt, eine Menge Geld zu dieser Zeit.

Nun kann es an die Zimmerverteilung gehen. Die politische Linke hat sich in Teilen von Marx, Lenin und Mao gelöst und will nun die Beziehungen und das Privatleben revolutionieren. Dazu gehört unter anderen, dass die Paare nicht auf einer Etage zusammenwohnen sollen, damit es nicht zu Privatisierung der Beziehungen kommt.

Anna ist heimlich sauer, denn sie hat das Leben mit Anders in einem Zimmer genossen. Er ist ihr Traummann und Seelenverwandter, zumindest von ihrer Seite aus, den sie 24 Stunden am Tag um sich haben kann. Aber der Kampf gegen den bürgerlichen Alltag geht vor und so zieht Anna mit Beate in die erste Etage. Barbara ist die Revolutionierung des Privatlebens völlig egal. Sie hat eine Stelle an der Uni bekommen und arbeitet in einem Forschungsprojekt zu Enzymen, die besonders in Spinat zu finden sind. Täglich wird an der Ruhr Universität Bochum der Spinat zerpflückt, zerschnitten und unters Mikroskop gelegt. Die Reste nimmt Barbara mit nach Hause und versorgt - wenn auch etwas einseitig - die WG mit Gemüse. Barbara zieht mit Pi und Anders in die zweite Etage, Paar hin oder her.

In der dritten Etage wohnen Pia und Jochen, der als Lehrer zwei Zimmer benötigt, eins, um den schon erwähnten Schulkram unterzubringen, das zweite zum leben.

Das große Haus, als richtungsweisendes Ordnungsprinzip gedacht, wird zum Flop oder vielleicht geschehen dort einfach nur die nötigen Veränderungen und Umbrüche ins Erwachsenenalter. Es kriselt an allen Ecken und Enden. Pi gefällt das neue Selbstbewusstsein von Barbara nicht. Sie wird als zweite Großverdienerin neben Jochen zu dominant. Er wendet sich Pia zu, die als Sozialarbeiterin nie den Großen Wurf machen wird. Pi und Pia - schon ihre Namen sind Programm. Und so verschwindet Barbara als erste aus der Freytagstraße.

Den folgenden Winter fahren die Mediziner, jetzt nur noch Pi und Anders, mit ihrer Uni-Clique in den Skiurlaub. Annette, eine Kommilitonin, etwas hohlköpfig, aber vollbusig, bricht sich das Bein und Anders tröstet sie, unter anderem auch abends im Bett. Nach dem Urlaub bringen Pi und Anders Annette mit in die Freytagstraße, denn die Arme kann sich mit dem Gipsbein ja nicht alleine versorgen und Barbaras Zimmer ist gerade frei geworden.

Anna tobt. Und als Pi ihr versichert, dass das „Kröschen" der beiden keine Bedeutung hat und bald vorbei sein wird, tobt sie noch mehr. Auf einer Hausversammlung stellt sie die WG-Bewohner vor die Wahl: entweder sie oder Annette. Annette muss ausziehen, bevor sie richtig einziehen kann. Dennoch, der Riss ist geschehen und die Erkenntnis ist klar: Anna wird niemals einen Mann teilen, egal welcher Zeitgeist in der Welt gerade herrscht.

Während die Mediziner für ihr Examen büffeln, haben Mecky, Bärbel und Anna ihre Diplomarbeit abgeschlossen. Für ihre mündliche Prüfung haben sie sich vorgenommen, Friedrich Engels „Der Ursprung der Familie, des Privateigentums und des Staats" aus feministischer Sicht zu wiederlegen. Als Prüfer können sie den fortschrittlichsten und jüngsten Professor der Universität Dortmund gewinnen: Professor Ha-Gü Rolff. Sie sind die letzten Prüflinge an diesem Tag, danach soll ein großes Fest auf dem Dortmunder Campus starten.

Mecky beginnt locker mit der Kritik an Lenin. Sie kann von den Frauen am besten reden. Womit sie nicht rechnet, ist, dass sie gleich zu Anfang eine empfindliche Stelle bei Ha-Gü trifft, und dieser sich sowohl in seiner sozialistischen als auch in seiner männlichen Ehre angegriffen fühlt. Als Retourkutsche greift er Mecky an, um ihr zu beweisen, dass sie Lenin nicht sauber studiert hat, was auch stimmt, da die Frauen nur feministische Sekundarliteratur über Lenins Ursprung der Familie gelesen haben, dies aber vehement abstreiten. Anna und Bärbel setzen phantasievoll zu Meckys Unterstützung und Rückendeckung an, was nun auch den wissenschaftlichen Beisitzer und Proto-kollanten zu Widerspruch und Einmischung herausfordert. Zwei ganze Stunden dauert der Kampf der Geschlechter bis am Ende alle Fünf in ein befreiendes Gelächter ausbrechen. Sie haben aus den Augen verloren, dass sie sich in einer Prüfungssituation befinden.

Draußen ist mittlerweile die Musik des Unifestes zu hören und drinnen muss noch eine Notenentscheidung getroffen werden. Ha-Gü fordert alle Anwesenden auf, einen Vorschlag zu machen. Die Frauen sind plötzlich wieder Prüflinge und noch nicht selbstbewusst genug, eine Eins zu fordern. Die Prüfer schlagen ein Gut vor und alle sind zufrieden.

Auflösung

Noch einmal flammt in der Freytagstraße das marxistische Gedankengut auf. Pis Freunde sind Mitglieder der KPDML und wollen das Gesundheitswesen revolutionieren. Und mit Annette ist Rolf ins Haus gekommen, der Vorzeigeproletarier. Rolf macht eine Ausbildung zum KFZ-Schlosser und verteilt nach Feierabend im Arbeitsoverall revolutionäre Zeitungen in den alternativen Kneipen. Er ist ein vehementer Streiter für das Proletariat, ein Mahner für die Intellektuellen, ihren Platz in der Arbeiterbewegung einzunehmen. Was er nicht mitteilt, ist, dass er die Lehre macht, um die Wartezeit auf einen Studienplatz für Medizin zu überbrücken, da sein Numerus Clausus nicht ausreicht, um zum Studium zugelassen zu werden.

Auch Anna hängt in einer Warteschleife. Sie kann die Trennung von Anders nicht ertragen und tröstet sich mit Rolf, dem Supermacho über die Kränkung hinweg. Richtig helfen tut das nicht. Sie entscheidet sich für Auszug und bringt damit die Lawine der Auflösung ins Rollen.

Pi und Pia ziehen mit den revolutionären Freunden aufs Land, Beate und Anders nehmen beide eine eigene Wohnung. Anna hat noch keine Lust, alleine zu wohnen. Sie zieht mit Jochen zurück nach Essen Frintrop. Dieses Mal in die Seestraße, da das näher an seiner Schule ist. Das Leben mit Jochen ist ein guter Kompromiss. Beide haben ihre Übergangsbeziehungen und ausreichend Übung, als Freunde zusammenzuwohnen.

Von Wegen und Umwegen

Die Wohnung in der Seestraße ist klassisch geschnitten: Wohnzimmer, Schlafzimmer, Kinderzimmer, Küche, Diele, Bad. Ein biederes Wohnhaus, aber mit Balkon. Für Anna ist der Balkon ausschlaggebend, denn sie ist immer noch das Straßenkind, das am liebsten draußen lebt.

Jochen bezieht in bewährter Manier zwei Zimmer. Bei ihm herrscht Klarheit: Schule und Wohnen, Arbeit und Freizeit, in der er sich bemüht, seine Flamme Karola stärker an sich zu binden. Anna zieht in das Wohnzimmer mit Balkon, unschlüssig, was sie mit ihrem Leben als Diplompädagogin anfangen soll.

Sie wendet sich an die örtliche Volkshochschule in der Hoffnung, man könne dort irgendein pädagogisches Thema aus ihrem Fundus als Heilpädagogin gebrauchen. Und siehe da, der Fachbereichsleiter sucht eine Dozentin für den Kurs: „Psychologie leicht gemacht". Der Kurs droht zunächst mangels Anmeldungen auszufallen. Um ihn zu retten, bietet der Fachbereitsleiter dem VAMV - dem Verband alleinerziehender Mütter und Väter - den Kurs zum Vorzugspreis an.

Das funktioniert und Anna sitzt zum ersten Mal in ihrem Leben auf der anderen Seite im Hörsaal und schaut hinauf in die Ränge ihrer Teilnehmenden. Sie soll Alleinerziehende aus allen Berufsgruppen und Bildungsschichten anregen, über psychologische Themen zu diskutieren. Es ist für sie ein Ding der Unmöglichkeit. In ihrer Verzweiflung wählt sie die Form, die sie ihr Leben lang beibehalten wird: Sie fragt die Anwesenden, was sie gerne besprechen wollen.

Die Mehrzahl der Alleinerziehenden sind Mütter. Sie wollen über ihre Gefühle der Einsamkeit sprechen, wenn die Kinder abends endlich im Bett sind, über ihre Sehnsucht nach Geborgenheit und die Sorgen, das Geld für den Lebensunterhalt der Familie zusammenzukriegen.

Anna hört zu. Das kann sie gut und tut sie gerne. Die Atmosphäre wird dicht und alle psychologischen Themen liegen offen, nur nicht „leicht gemacht". Dennoch, das Sprechen hat alle ein wenig entlastet und die Vorsitzende des VAMV lädt Anna als Trainerin für eine Familienfreizeit zum Thema „Sexualität" ein. Anna sagt zu. Da kennt sie sich aus. Sie hat sich schließlich lange genug mit dem Thema Beziehungen, Privatleben und sexuelle Revolution beschäftigt.

Bildungsurlaub

Einmal im Jahr bietet der Verband alleinerziehender Mütter und Väter (VAMV) einen fünftägigen Bildungsurlaub für Eltern mit ihren Kindern an, bei dem die Eltern vormittags zu einem Thema arbeiten, während ihre Kinder von Teamerinnen in einem Kinderprogramm betreut werden.

Im Sommer 1979 ist das Thema „Partnerschaft, Ehe und Sexualität". Zu diesem Kurs haben sich dreizehn Mütter und lediglich ein Vater angemeldet. Das ist nicht gerade förderlich für die eigentliche Motivation, am Kurs teilzunehmen, nämlich einen Partner zu finden, der Verständnis für die Situation Alleinerziehender hat.

Theo, dem einzigen Mann in der Gruppe, geht es nicht schlecht. Unscheinbar wie er ist, darf er sich dieses Mal in der Sonne der Aufmerksamkeit von dreizehn Frauen wärmen - zumindest solange, bis die Situation kippt.

Doch zunächst wenden sich die Frauen mangels weiterer Männer dem Thema der Veranstaltung zu. Die Teamerinnen sind junge Frauen, keine alleinerziehend, aber mit ausgeklügeltem Konzept für diese Woche. Sie haben sich zum Ziel gesetzt, die Gruppenmitglieder für eine freiere Form der Zweierbeziehung zu gewinnen und ihnen gleichzeitig eine fortschrittliche Sexualerziehung für ihre Kinder zu vermitteln.

Anna hat die Eröffnungsmethode „Was wollt ihr von uns, was wollen wir mit euch?" vorgeschlagen und an der Oberfläche läuft es gut an. Alle bekunden ihr Interesse am Thema und verschweigen, was sie wirklich wollen, nämlich einen neuen Mann. Was Theo will, bleibt unklar, selbst beim genauen Hinhören.

Dann stellen sich die Teamerinnen vor und das Seminar nimmt an Fahrt auf. Tina beschreibt ausführlich ihr Interesse am VAMV. Sie hat entschieden, ein Kind zu bekommen, hat aber keinen Vater in Sicht. Sie überlegt nun, jemanden als Samenspender zu nutzen und hat auch schon im Freundeskreis herumgefragt. Anschließend möchte sie bewusst als alleinerziehende Mutter leben und setzt auf Unterstützung und Geborgenheit im Kreis Gleichgesinnter.

Die angesprochenen Gleichgesinnten sind empört. Sie sind sich einig, dass nur ein Idiot diese Situation freiwillig wählen kann. Und so trägt Tina gleich am ersten Abend zur Einheit der Gruppe bei und liefert für die Folgeabende reichlich Gesprächsstoff über die Übel, die Alleinerziehenden täglich widerfahren.

Dann kommt Anna an die Reihe. Sie ist vorsichtig geworden und deutet ihr Konzept von Sexualerziehung nur rudimentär an. Doch auch das reicht. Keiner will seine Kinder mehr im Bett haben, bis auf die ganz Einsamen. Bei allen anderen war die stete Präsenz der Kinder und die Aufmerksamkeit, die sie einfordern, einer der Gründe für die Trennung.

Die Teamerinnen fürs Kinderprogramm haben es leichter. Sie stellen ihre Pläne für die Vormittage vor. Die Nachmittage sind gemeinsamen Aktionen vorbehalten und das Kindersitten am Abend soll es möglich machen, auch mal eine Stunde allein außer Haus zu verbringen.

Die ersten beiden Tage laufen ziemlich holprig, abends wird viel Wein getrunken und gelegentlich über die wirklich brennenden Themen gesprochen. Für den dritten Tag hat Anna einen provozierenden Text zur Sexualerziehung ausgesucht. Sie will die Teilnehmer*innen endlich aus der Reserve locken. Der Text beschreibt eine Szene aus dem Alltagsleben der Kommune 2 in Berlin Charlottenburg. Zwei Kinder, ein Junge und ein Mädchen im Alter von drei und vier Jahren, spielen mit dem Penis eines

Kommunarden Gangschaltung, die anderen Erwachsenen schauen zu. Der Text umfasst nur 10 Zeilen und ist aus dem Zusammenhang gerissen. Doch die 10 Zeilen reichen aus, das Seminar aufzumischen. Eine Teilnehmerin bekommt so hohen Blutdruck, dass ein Arzt geholt werden muss. Es wird aufgeregt diskutiert, die Veranstaltung abzubrechen.

Der Tumult ruft den Leiter des parallel tagenden Bildungsurlaubs „Sprache und ihre politische Relevanz" auf den Plan, ein alter Hase vom DGB. Er tut das, was alle Referenten am ditten Tag einer Veranstaltung tun, er schickt die Teilnehmenden hinaus in die Welt.

Die einzige Kneipe im Ort, die fußläufig zu erreichen ist, ist der „Ball der Einsamen Herzen". Und so ziehen Theo und die verbleibenden 12 Mütter los, dicht gefolgt von den Teilnehmern des Parallelkurses, bestehend aus 12 Männern, ihrem Leiter und einer Bildungsreferentin. Die Referentin freut sich mal wieder Frauen zu sehen, die Mütter freuen sich auf die Männer.

Die Kneipe selbst ist eher düster und ausgestattet mit einer langen Theke, an der sich die Herren schnell breitmachen. Die Tische für die Damen sind auf einem Podest aufgestellt, sodass die Frauen wie auf einer Bühne präsentiert werden. Die Gewerkschaftler nennen es heimlich Hühnerschau. Sie waren schon früher in diesem Etablissement.

Nach dem zweiten Glas Wein beginnt das Getuschel und der Austausch von Blicken. Nur Theo hat die falsche Karte gezogen, er sitzt mit seiner Gruppe auf dem Präsentierteller anstatt am Tresen bei den Männern. Die Musik setzt ein und Damenwahl wird ausgerufen. Jetzt ist kein Halten mehr. Die Damen wählen ihren Hahn, nur keine wählt Theo. Tina erbarmt sich und fordert Theo zum Tanzen auf, für Anna bleibt Sascha, der Kollege vom DGB.

Alle sind zufrieden, vom Abbruch des Bildungsurlaubs ist keine Rede mehr. Auch nicht mehr vom Thema Sexualität und Beziehungen. Die werden gepflegt bis zum Ende der Woche mit der Verabredung, darüber in der Öffentlichkeit Schweigen zu bewahren.

Aufbruch

Anna hat an der Uni einen Dozenten kennengelernt, der zu diversen geisteswissenschaftlichen Themen Reader schreibt, sie günstig drucken und über Studierende verkaufen lässt. Die Verkaufsstrategie geht auf, denn selbstverständlich findet das am besten Absatz, was von Kommiliton*innen empfohlen wird.

Anna arbeitet eine Zeitlang für ihn, bevor sie selbst mit dem Schreiben von Trainingsheften beginnt. Sie zerlegt Pädagogik, Soziologie und Psychologie in leicht verdauliche Häppchen und bringt diese unter das akademische Volk. Es ist eine aufwändige Arbeit und reich wird sie davon nicht. Daher ist es an der Zeit, sich doch um einen festen Job zu kümmern. Ein Paar Stunden an einer Schule zu unterrichten, scheint ihr eine gute Idee zu sein. Voraussetzung dazu ist die Anerkennung ihres Diploms als Staatsprüfung für das Lehramt und die Lehrerlaubnis in mindestens einem Fach. Was liegt da näher als das Fach Pädagogik zu wählen mit dem Schwerpunkt der ihr hinlänglich vertrauten „Sexualpädagogik"?

Und so läuft sie erneut zwei Tage die Woche an der Dortmunder Universität auf, ausgerüstet mit ihrem Studienrucksack voller Reader zum Verkauf zwischen den Vorlesungen und dem Vorsatz, die Lehrbefähigung durch Kompaktseminare in einem Jahr zu erwerben.

Ihr Dozent, Hermann Roth, ist grottenschlecht, und nach der dritten Stunde kann sie ihre Kritik nicht mehr zurückhalten, auf die Hermann mit dem kurzen Kommentar reagiert: „Wenn du es besser kannst, übernimm doch den Kurs." Und das tut Anna. Alle sind zufrieden: Hermann bekommt sein Honorar, ohne etwas tun zu müssen, die Studierenden erfreuen sich an aufregenden und provozierenden Themen und Anna erhält ihre Leistungs-nachweise für die abzulegende Prüfung.

Doch zu dieser kommt es nicht mehr. Nach einem halben Semester bietet ihr Hermann einen Job in seinem neu gegründeten Bildungswerk an, leider unbezahlt. In Nordrhein-Westfalen ist ein Weiterbildungsgesetz in Kraft getreten, dass Zuschüsse zu Bildungarbeit gewährt, wenn eine Einrichtung 2.400 Unterrichtsstunden nachweisen kann. Das Geld gibt es allerdings erst nach geleisteter Arbeit.

Anna sagt zu. Sie ist froh, nicht in die Schule zu müssen und stürzt sich in die Erwachsenenbildung. Sie leitet die Kurse, verkauft dort zusätzlich ihre Reader und zusammen mit den Teilnahmegebühren hält sie sich knapp über Wasser. Nach nur einem Jahr verschwindet Hermann spurlos und hinterlässt ihr einen Karton Ungeordnetes.

Auch diese Herausforderung nimmt Anna an. Wenn es ihre Mutter ohne Hauptschulabschluss zur Bauunternehnerin gebracht hat, wird auch sie es schaffen, ein blühendes Unternehmen aufzubauen. Den Neuanfang feiert sie mit der Suche nach einer eigenen Wohnung. Sie will endlich unabhängig und frei sein.

Die Wohnung in Essen-Kray ist genau das, was Anna sich leisten kann. Sie kostet nur 150,00 DM für 3 Zimmer mit Wintergarten und Gartennutzung. Geheizt wird mit einem Kohlekachelofen, der in der Küche steht. Die anderen Zimmer bleiben kalt, was Anna aus ihrer Kindheit ja zur Genüge kennt.

Sie übernimmt die Wohnung in der Schwelmhöfe von einem alten Ehepaar. Der Mann hat unter Tage gearbeitet und bekommt wie alle Kumpels von der Zeche Deputatkohle und Briketts für den Eigenbedarf. Jetzt im Alter ist ihm das Kohleschleppen zu mühsam geworden. Er überlässt Anna nicht nur seine Wohnung, sondern schenkt ihr auch einen Keller voll Kohlen und Koks.

Die Mutter bringt ihr den Umgang mit dem Ofen bei. Er hat nur ein kleines Aschefach, das täglich geleert werden muss. Am

Abend wird ein Brikett in nasses Zeitungspapier gewickelt, das die Restglut über Nacht gerade so lange hält, dass sie sie am nächsten Morgen mit dünnen Holzspänen und etwas Papier wieder entfachen kann. Während der Ofen aufheizt, geht Anna mit ihrem Kaffee ins Bett, um nicht zu erfrieren.

Der Ofen ist gleichzeitig Herd, auf dem gekocht wird, über ihn sind außerdem Leinen gespannt, um die Wäsche zu trocknen. Er steht am Übergang von der Küche zum Wohnzimmer, damit dort etwas Wärme hineinziehen kann. Die Tür ist ausgehängt und es gibt einen roten Vorhang als Sichtschutz falls gewünscht. Vor dem Ofen steht eine Fußbank mit Polster, auf die Anna sich setzen kann, um den Rücken an den Kacheln aufzuwärmen, wenn es nötig ist, und das ist es stündlich. Die Tapeten sind bunt gemustert und abwaschbar. Das ist wichtig bei Kohleheizung und dem leichten Rußfilm, den der Ofen hinterlässt. Da müssen auch die Tapeten gelegentlich feucht abgewischt werden.

Vor dem Ofen steht ein riesiger runder Tisch. Er hat als Stammtisch eine Kneipe bestückt und ist bei deren Schließung in die Schwelmhöfe umgezogen. Acht breite, mit Leder bezogene Holzstühle stehen um ihn herum. Hier spielt sich alles Leben ab: Essen und Trinken, Arbeiten, Treffen mit Freund*innen, Malen und Schreiben, Lesen, Werkeln - denn dort ist es am wärmsten.

Auf der gegenüberliegenden Seite gibt es eine sogenannte Küchenzeile. Sie beinhaltet einen Spülschrank, dessen Verkleidung mit zwei Schubladen versehen ist, darunter normale Schranktüren. Zieht man an der linken Schublade, dreht sich die Waschkonstruktion heraus, zwei Emailleschüsseln zum Spülen, eine für Spülwasser, die andere zum Klarspülen. Die Schusseln werden mit dem warmen Wasser aus dem ständig auf dem Ofen köchelnden Kessel bei Bedarf gefüllt. Nach dem Spülen wird das Wasser aus den herausnehmbaren Schüsseln in das daneben hängende Steinwaschbecken geleert.

Neben dem Waschbecken gibt es noch einen alten Elektroherd und einen Kühlschrank, das einzige Stück, das Anna außer ihren persönlichen Sachen in die Wohnung einbringt.

Vom Vormieter hat sie den riesigen Küchenschrank geerbt, von außen ein scheußliches Teil, resopalbeschichtet, von innen ein Raumwunder: sechs Glasschütten für Mehl, Zucker, Salz, Hülsenfrüchte und ähnliches, Porzellandosen für Kaffee und Co und reichlich Stauraum für Tassen, Teller, Töpfe und alles, was in einem Haushalt benötigt wird. Würde man ein Bett in die Küche stellen, wäre diese eine komlette Wohnung.

Annas Bett ist eine Ausziehcouch im Wohnzimmer, das wenigstens etwas Wärme von der Küche abbekommt, im Gegensatz zum Schlafzimmer, dass hinter dem Wohnzimmer liegt und an den Hausflur grenzt, den sie mit ihrer Nachbarin teilt, einer Alkoholikerin im Endstadium, wie sich später herausstellt.

Im Schlafzimmer parken lediglich die Matratzen aus den ehemaligen Klappbetten für den Fall, dass jemand über Nacht bleiben möchte.

Das Prunkstück der Wohnung ist der Wintergarten, ein riesiger verglaster Balkon, in dem sich das Sommerleben abspielt. Im Winter zieren ihn Eisblumen und er dient zum Kaltstellen der Vorräte und zum an- und rausschauen.

Die Vormieter haben in die ehemalige Abstellkammer eine Dusche eingebaut. Das Wasser wird von einen Durchlauferhitzer erwärmt und ist das einzige warme Wasser in der Wohnung. Aber immerhin.

Die Toilette befindet sich draußen auf dem Hausflur, was anfangs auch okay ist, da die Nachbarin gerade in einer trockenen Phase ist.

Die Schwelmhöfe ist also die Basis, von der aus sich Anna an den Aufbau ihres Bildungswerkes macht. Zunächst ist eine 10-tägige Fortbildung bei der Landeszentrale für politische Bildung angesagt. Aus allen Einrichtungen werden die Neulinge in die Grundlagen der politischen Bildung eingeführt. Das Ganze findet statt in einer Bildungsstätte in der Nähe der holländischen Grenze.

Zu ihrer Überraschung trifft Anna Sascha wieder, den Kollegen vom DGB, der hier das Zertifikat des Wissenschaftsministerums erwerben will, das neuerdings Voraussetzung für die Bezuschussung von Veranstaltungen ist.

Anna ist eine der beiden Frauen, die an der Fortbildung teil-nehmen, die anderen sind Männer, denn die politische Bildung ist fest in Männerhand. Die Kollegin ist schwanger und so ist Anna die einzige Zielscheibe männlicher Aufmerksamkeit, da es hier keinen Parallelkurs mit entsprechendem Frauenüberschuss gibt.

Tagsüber wird gebüffelt oder in anderen Einrichtungen der politischen Bildung hospitiert, abends wird gefeiert. Das geht nicht immer friedlich vonstatten, bilden sich doch schnell zwei Lager: die Arbeitnehmervertreter vom DGB, der Friedrich-Ebert-Stiftung und den Sozialakademien und die arbeit-geberfreundlichen Kollegen der Konrad-Adenauer- und Friedrich Naumann-Stiftung. Die Kirchenvertreter sortieren sich je nach Thema dazu.

Es wird debattiert, getrunken, gestritten und gesungen. Die einen stimmen Arbeiterlieder an, die anderen eher Volkslieder zum Mitsingen. Anna singt laut und falsch, sie ist textsicher sowohl bei den Kampfliedern als auch bei Rübezahl.

Tanzmusik aus der Konserve kommt mangels Frauen nicht in Frage, nur die Anmache läuft weiter. Am dritten Tag wird es Anna zu bunt, sie tut sich mit Sascha zusammen und hat damit ihre Ruhe. Das Revier ist abgesteckt und die Männerehre verbietet das Jagen in fremdem Revier.

Aufbau

Wieder zuhause angekommen, nimmt sich Anna den Karton Ungeordnetes vor, den Hermann ihr hinterlassen hat. Sie wird ihn nach den Richtlinien der Landeszentrale für politische Bildung so ordnen, wie es sich für ein zertifiziertes Unternehmen gehört. Dabei kommen ihr ihre Tugenden Ordnung, Fleiß und Durchhaltevermögen ebenso zu Gute, wie ihre Fantasie, zu den vorhandenen Teilnahmelisten und Rechnungen interessante Lehrveranstaltungen zu kreieren, die den Vorgaben politischer Bildung entsprechen.

Auch die Verwaltungsarbeit ist schnell gelernt. Anna hat viel vom Pragmatismus ihrer Mutter übernommen. Die damals angelernte Schuhverkäuferin ohne Hauptschulabschluss geht zu allen Ämtern und fragt die Mitarbeiter, was zu tun ist. Das Finanzamt verlangt von der Mutter 100 DM, sie bietet 50 DM. „Das ist doch besser als gar nichts" und verspricht, die nächsten 50 DM in zwei Monaten vorbeizubringen, unaufgefordert. Die Arbeiter wollen Lohnerhöhung, das kann sie nicht bezahlen und bietet ihnen an, die Dinge aus dem Abbruch zu verkaufen, die noch was wert sind. Das Geld dürfen sie behalten und alle sind zufrieden. Anna orientiert sich an ihr. Sie fragt die Verwaltungsmitarbeiter des Ministeriums, wie man am besten abrechnen kann, lernt Buchführung und Kameralistik.

Die Mühe lohnt sich. Am Ende gibt es eine fette Nachzahlung, denn Hermann hat nur einen Teil der zu erstattenden Rechnungen beim Ministerium eingereicht. Endlich kann sie sich ein reguläres Gehalt auszahlen und neue Mitarbeiter*innen suchen.

Womit sie nicht rechnet, ist, dass der zukünftige Leiter der Landeszentrale für politische Bildung sich unsterblich in sie verliebt. Harald vom Ministerium für Bildung und Wissenschaft hat schon ein Auge auf sie geworfen, als er ihre 10-Tage-Fortbildung der Landeszentrale besucht, um von den Teilnehmern Fragen und Anregungen zur politischen Bildung entgegenzunehmen. Spontan bleibt er zum abendlichen Diskussions- und Gesangsspektakel, lächelt über die Anregung, dass Weiterbildner Anspruch auf eine Ersatzleber haben sollten, da sie jeden Abend mit ihren Teilnehmer*innen an die Bar müssten. Langsam nähert er sich Anna und rein aus Versehen steckt er ihren Zimmerschlüssel ein. Glücklicherweise hat Sascha ihn im Blick, so dass sich der Plan auflöst, bevor er in die Tat umgesetzt werden kann.

Ein Jahr später ist Harald stellvertretender Leiter der Landeszentrale für politische Bildung und für die Prüfung der Unterlagen der Einrichtungen zuständig. Er meldet sich bei Anna zur Überprüfung der Geschäftsunterlagen und Bildungsnachweise an. Diese hat mittlerweile in Dortmund ihren Firmensitz, weit weg vom Düsseldorfer Ministerium, getrennt durch den allgegenwärtigen und berühmten Stau auf dem Ruhrschnellweg, dem längsten Parkplatz der Welt, wie ihn die Bewohner der Anrainerstädte ironisch nennen.

Ihr Büro befindet sich in einer befreundeten Schule in Dortmund, die noch ein Zimmerchen frei hat neben ihrem Beratungsraum, in dem am Wochenende die Seminare stattfinden können. Der Hausmeister freut sich über das Zusatzgeschäft mit Brötchen und Kaffee, Anna über mietfreies Arbeiten. Sie hofft, dass Harald ihr keinen Strick aus dieser Konstruktion drehen wird, aber es kommt eh alles anders.

Harald schlägt vor, sich in Annas Wohnung in Essen zu treffen, das läge doch praktischerweise in der Mitte zwischen Düsseldorf und Dortmund. Anna ist erleichtert und sagt gerne zu. Zehn Aktenordner werden in die Schwelmhöfe gebracht und warten auf dem Stammtisch auf Überprüfung.

Harald ist sichtlich irritiert, als er nach seinem Tee die Toilette auf dem Flur aufsuchen muss. Die Nachbarin hatte wohl nicht so einen guten Tag.

Die Unterlagen sind schnell durchgesehen und abgenickt. Harald schaut auf den roten Vorhang, der die Küche vom Wohnzimmer trennt, in dem immer noch die Bettcouch steht. Eine Glasvitrine in Eiche rustikal ist dazu gekommen, die hat die Mutter gestiftet und einen passenden Sekretär.

Die abwaschbare Tapete ist inzwischen braun überstrichen, da Anna die Musterung nicht mehr ertragen konnte, und Braun als Einziges deckte. Das ganze Arrangement ist einfach nur hässlich.

Harald schiebt ohne zu fragen den Vorhang beiseite und räuspert sich dezent: „So lebst du also? Hm, es ist ziemlich kalt hier drinnen. Und hast du eigentlich kein Bett?"
„Doch", erwidert Anna, „aber im Schlafzimmer ist es echt zu kalt."
„Noch kälter als hier?"
„Viel kälter!"

Harald gesteht, dass er eine empfindliche Blase hat und verschwindet zum zweiten Mal auf dem Flur. Es dauert eine Weile, bis er zurückkommt. Seine Haltung drückt neue Entschlossenheit aus. Er lädt Anna nach Düsseldorf zu einem schicken Abendessen in ein elegantes Hotel ein, damit sie etwas trinken kann und nach dem Essen nicht mehr Auto fahren muss.

Anna lehnt höflich ab. Sie weiß, die nächste Prüfung ist erst in vier Jahren fällig. Bis dahin wird sie sich etwas einfallen lassen.

Diskussionen

Ihr erstes richtiges Gehalt will Anna in ein exzellentes Essen investieren und läd einen Kreis von sieben Gästen zum Fondueessen an ihren Stammtisch ein.

Den Fonduetopf hat ihr die Schwester ausgeliehen, mit der sie nur gelegentlich Kontakt hat, da deren Mann Annas Einfluss auf ihre Nichte nicht haben möchte. Alles, was ihm an seiner Tochter nicht gefällt, kommt von Tante Anna. Anna wäre stolz, wenn es so wäre, doch die Begegnungen sind zu selten, um wirklich Einfluss zu nehmen. Was die Realität nicht ermöglicht, schafft der Mythos: Anna, die Ungehorsame, Böse, Andere, kann als Antibild wirken, als Gegengewicht zum ordentlich Bürgerlichen, was es in Wirklichkeit nicht gibt, denn die Ehe der Schwester ist eine fortwährende Katastrophe und Reiberei.

Zu den geladenen Gästen gehört auch Raimund, einer der häufigsten Besucher der ersten WG, der ein Auge auf Svenja geworfen hatte, bevor sie ausgezogen ist. Er bringt als Überraschungsgast Eberhard mit, der als Assistent an der Freien Universität Berlin ein Forschungsprojekt zum Thema „Stadt und Gewalt" leitet. Er hat sich in Raimunds WG eingenistet, um seinen Projektbericht zu verfassen, ein Vorhaben, dass ihm in Berlin nicht gelungen ist, da das Leben an der Berliner Uni immer noch von Protesten und Aktionen bestimmt wird. Raimund hat beschlossen, dass Eberhard mal wieder unter Menschen muss und die Runde um Anna scheint ihm genau das Richtige zu sein.

Eberhard, ein Schöngeist, ist schockiert von soviel Hässlichkeit in einer Wohnung und gleichzeitig fasziniert von Anna, die laut und fröhlich die Runde unterhält und köstlich bewirtet.

Auch Rolf, der KFZ-Schlosser und angehende Medizinstudent, ist anwesend. Anna und er sind noch locker zusammen, aber im

Grunde ist er schon auf dem Weg in die USA, um dort sein Studium zu beginnen. Rachel, eine amerikanische Freundin, ist bereit ihn zu heiraten, damit er einen Studienplatz in den Staaten erhält, auf den er in Deutschland noch einige Jahre warten müsste.

Bei der zweiten Flasche Wein entbrennt eine Diskussion über die Frage: „Gibt es einen guten Unternehmer?"

Für Rolf ist die Antwort klar, der Unternehmer ist Kapitalist und damit Klassenfeind. Anna denkt an die Mutter, wie sie sich um ihre Arbeiter gekümmert hat, wie sie denen eine Chance gegeben hat, die nirgendwo anders Arbeit gefunden haben. Und sie denkt an ihren Job. Ist sie nicht selbst Bildungsunternehmerin und gibt ihr Bestes? Auch Eberhards Eltern sind Unternehmer. Sie haben eine Filmproduktion und locken den Sohn und Filmliebhaber, in die Firma einzusteigen. Kann er guten Gewissens vom Uni-Assistenten mit gelegentlichem Zeitvertrag in die Industrie-filmbranche wechseln? Immerhin ist er schon 40 und eine feste Anstellung könnte auch nicht schaden.

Rolf beschimpft beide als Überläufer ins bürgerliche Lager und verlässt das Fondueessen unter Protest. Damit ist die endgültige Trennung vollzogen. Erledigt hat sich auch der Klassenkampf, denn Anna hat ihre politische Heimat inzwischen im Feminismus gefunden.

Dieser wird in Kray, dem Arbeiter- und Protenviertel hart auf die Probe gestellt. In den südlichen Stadtvierteln kann sich eine Frau mittlerweile selbstverständlich alleine in eine Kneipe trauen. Im Norden gilt dies immer noch als Aufforderung zur Anmache. Als Anna mal wieder vergessen hat, Zigaretten zu kaufen und beim Gang zum Automaten in ihrer Eckkneipe viermal begrabscht wird, steht ihr Entschluss fest: Es reicht mit Kray, Kohleherd und Kerlen.

Ein Umzug nach Essen-Süd steht an.

GRUGA

Die Wohnung in der Von-Einem-Straße ist das genaue Gegenteil der Schwelmhöfe. Unbeeindruckt von allem Zeitgeschehen hat hier das Kleinbürgertum seinen Standard bewahrt.

Anna zieht in die 3 Zimmer Wohnung in der ersten Etage links. Rechts auf ihrem Flur wohnen zwei ältere Damen, Schwestern, unverheiratet, mittlerweile aus Überzeugung, die sich das Haus und vor allem den Gemeinschaftsgarten zu ihrer Lebensaufgabe erkoren haben.

1929 fand in Essen die erste „Große Ruhrländische Gartenbau Ausstellung statt (GRUGA). Das riesige Parkgelände wird 1930 als Volkspark freigegeben und im 2. Weltkrieg von 500 Bomben verwüstet. 1952 wird der Park wieder aufgebaut und 1965 zur Bundesgartenschau vergrößert. Die Grüne Lunge mit ihrem Botanischen Garten, den Lehrpfaden und Erholungszonen mitten in der Kohle- und Stahlstadt ist das Prestigeprojekt der Stadtväter und Mütter und das Lieblingskind der Essener*innen. 1985 kommt der Bau der Tropenpyramiden dazu, groß angelegte Gewächshäuser mit unterschiedlichen Kimazonen von tropisch und subtropisch zu Savanne, Steppe und Wüstenlandschaft.

Auch Anna ist eine begeisterte Besucherin, liebt sie doch den Wechsel der Klimazonen besonders im Winter. Wenn es draußen so richtig ekelig ist, schreitet sie mit beschlagener Brille durch die Tropen, hört dem Zwitschern der Kolibris und dem Rauschen des Wasserfalls zu und erholt sich am Ende in der Steppen- und Wüstenlandschaft, bevor sie sich der feuchten Kälte der Essener Realität erneut stellt.

Was sie allerdings weniger begeistert, ist das Vorhaben der älteren Schwestern, den Gemeinschaftsgarten in der Von-Einem-Straße nach dem Vorbild der GRUGA zu gestalten, zumindest den

Blumenteil, denn Gemüse soll nicht in den Garten, es ist nicht hübsch genug.

Das Haus selbst ist innen gepflegt, zumindest nach den Kriterien seiner Bewohnerinnen. Dunkelbraunes Linoleum glänzt durch das Treppenhaus und gleich am ersten Tag nach Annas Einzug wird sie informiert, dass die Treppe und die Podeste zweimal die Woche gewischt, gewachst und gebohnert werden müssen. Das entsprechende Putz- und Glanzmittel stellen ihr die Nachbarinnen vor und versuchen dabei einen Blick in die Wohnung zu werfen.

Die Wohnung lässt etwas zu wünschen übrig. Vom Hausflur kommt man in den Wohnungsflur, von dem das Bad, das Esszimmer und das Wohnzimmer abgehen. Das Esszimmer liegt zur Sraßenseite, hat einen giftgrünen Teppichboden, auf dem der Stammtisch mit seinen breiten Holzstühlen seinen Platz findet. Auch der riesige Küchenschrank aus der Schwelmhöfe darf mitziehen und steht wie gewohnt an der Wand gegenüber. Damit ist das Esszimmer gut gefüllt und die immer noch wenigen Besitztümer untergebracht.

Vom Esszimmer geht es in die schmale Kochküche, die komplett gekachelt ist. Einige Bodenkacheln haben Risse und Löcher, der Vermieter verspricht, neue Kacheln zu legen.

Neben der Küche ist auch der Ausgang zum Minibalkon, auf dem entweder der Wäscheständer oder ein Tischchen mit Stuhl stehen kann. Anna liebt ihr Balkönchen, auch wenn sie dort auf dem Präsentierteller sitzt. Wie erwartet wird sie in kürzester Zeit zum beliebten Gesprächsstoff der Von-Einem-Straße, denn außer ihr sitzt niemand draußen, und schon gar nicht mit langem Rock, wilden Haaren und den Füßen auf dem Balkongeländer.

Am zweiten Sonntag klingelt es an ihrer Tür. Diesmal sind es die Nachbarn von unten. Sie bitten Anna, den Wäscheständer vom Balkon zu nehmen, es sei schließlich Sonntag und damit

Wäschetrocknen in der Öffentlichkeit untersagt. Als Anna die Aufforderung ignoriert, bekommt sie die erste Anzeige ihres Lebens. Der Anwalt des Hauses informiert, dass das Aufhängen von Wäsche an Sonn- und Feiertagen laut Feiertagsgesetz des Landes Nordrhein-Westfalen verboten ist. Das Gesetz regelt alle öffentlich bemerkbaren Tätigkeiten, die die Ruhe des Tages stören können. Waschen in der Wohnung ist erlaubt, wenn die Waschmaschine keine Geräusche macht, die über die Zimmerlautstärke hinausgehen. Das Aufhängen der Wäsche auf dem Balkon dagegen ist eine öffentlich bemerkbare Arbeit, eine Ordnungswidrigkeit, für die ein Bußgeld erhoben wird, wenn die Nachbarschaft das Ordnungsamt einschaltet.

Zähneknirschend nimmt Anna die Wäsche vom Balkon und stellt sie im nicht einsehbaren Wohnzimmer ab. Das Wohnzimmer ist zur Gartenseite ausgerichtet und gestattet den Blick in den perfekten Gemeinschaftsgarten. Jedes Beet ist exakt angelegt und messerscharf ausgestochen, kein Grashalm steht schief, kein noch so kleines Loch ziert den Boden, denn Stühle und Tische aufzustellen in der kleinen GRUGA, wie die Schwestern den Garten liebevoll nennen, wird nicht gern gesehen. Wenn sich doch jemand in den Garten verirrt, wird anschließend genau kontrolliert, ob kein Schaden entstanden ist.

Noch bevor die Kacheln in der Küche repariert worden sind, macht der Hausbesitzer Anna darauf aufmerksam, dass sie die Hausgemeinschaft stört. Diese verzichtet weise auf die weitere Einrichtung von Wohn- und Schlafzimmer, denn sie weiß, hier wird sie nicht lange bleiben. Die Matratzen aus dem Klappbett kommen erneut zum Einsatz und schmücken das Schlafzimmer als einzige Möblierung.

Die meiste Zeit verbringt Anna bei Eberhard, der inzwischen im Filmgeschäft seiner Eltern arbeitet und eine herunter-gekommene Jugendstilwohnung in Essen Rüttenscheid bewohnt. Die Gegend ist schön, eine der wenigen Ecken, die im Krieg nicht völlig zerbombt wurden. Die Hausbewohner sind das genaue Gegenteil von Annas Nachbarschaft.

Über Eberhard wohnt Theresa, eine alternde Opernsängerin, die aus Gewohnheit und Lust weiter Arien schmettert und damit das Haus unterhält.

Unter ihm lebt Hans, der junge Polizist mit seiner Familie, der darunter leidet, zu Anti-Atom-Demonstrationen abkommandiert zu werden. Einmal sogar stehen sich Anna, Eberhard und Hans bei einer Demo gegenüber und rauchen eine schnelle Zigarette zusammen, bevor Hans zur Ordnung gerufen wird und Anna und Eberhard den Mitdemonstranten erklären müssen, dass er ein guter Bulle sei, mit dem sie noch gestern in den Geburtstag hineingefeiert haben.

Die Hausidylle um Eberhard findet ein jähes Ende, als Theresa noch ein letztes Mal auf Tournee geht und er selbst in Saudiarabien zu Filmaufnahmen unterwegs ist. Ein Wasserrohrbruch verwüstet zunächst Theresas Wohnung. Die schweren golddurchwirkten Brokattapeten lösen sich langsam von den Wänden und machen eine gekonnte Verbeugung vor einem imaginären Publikum, bevor sie traurig auf den Boden niedersinken und ihre Nässe durch die Decke in Eberhards Wohnung abgeben. Hier trifft es vor allen Dingen die Sitzecke aus Gelsenkirchener Barock mit dem Sternenpolster, die die Mutter und Chefin der Firma zu Eberhards Entsetzen in die Wohnung gestellt hat und die er mangels Geld nicht austauschen kann.

Erst Hans entdeckt das Ausmaß des Wasserschadens, als er nach einem Polizeieinsatz zurückkommt und spät in der Nacht die dicken braunen Wasserflecken an seiner Wohnungsdecke erblickt. Doch da ist es schon zu spät. Das Haus muss leer gezogen werden, es ist zu marode für eine schnelle Sanierung. Eberhard erhält für den Gelsenkirchener Barock, der gerade wieder modern wird, eine Abfindung, die ihn mehr als versöhnt, und zieht vorübergehend zu Anna. Für die beiden steht fest, sie brauchen eine große Wohnung, die Platz bietet für Annas Weiterbildungs- und Eberhards Filmarbeit. Sie schalten unabhängig von einander einen Makler ein, der die entsprechende Wohnung finden soll.

Tschernobyl

Anna und Eberhard bekommen am selben Tag Nachricht von ihren jeweiligen Maklern, das gewünschte Objekt sei gefunden. Anna sieht sich die Wohnung als erste an. Für sie steht es sofort fest: die Wohnung in der Isabellastraße soll es sein. Sie bietet reichlich Platz für zwei so unterschiedlich geprägte Individuen, mit ihren jeweiligen Rhythmen und Jobs.

Groß ist die Wohnung mit 150 Quadratmetern. Alle Zimmer gehen von einem langen Flur ab. Und das Entscheidende, sie hat ein Erkerzimmer, von dem aus die ganze Straße zu beiden Seiten einsehbar ist und zweimal die Woche den Blick auf Essens beliebtesten Markt freigibt. Immer schon wollte Anna ein Erkerzimmer bewohnen mit einem runden Tisch im Erker zum Schreiben.

Auch Eberhard ist mit der Wohnung einverstanden und zu Annas Erleichterung wählt er die beiden großen Zimmer, die die halbe Wohnung ausmachen und miteinander verbunden sind. Anna nennt sie den Ballsaal. Er ist so riesig, dass sie sich dort verloren vorkäme.

Sie übernimmt zufrieden das Erkerzimmer als ihr Wohnzimmer und das Eckzimmer zur Straße als Arbeits- und Konferenzzimmer. Das gegenüberliegende Zimmer mit dem extra Waschbecken wird das gemeinsame Schlafzimmer.

Die große Wohnküche hat einen Ausgang zum Balkon, der halb überdacht und halb unter freiem Himmel auf der Gartenseite prangt. Dort wird Anna, wie schon in ihren früheren Wohnungen, jeden Sonnenstrahl nutzen, denn das Draußensein ist immer noch ihre größte Kraftquelle.

Die Wohnung ist günstig, denn der Vormieter hat die komplette Renovierung und Ausstattung übernommen. Er hat einen Holzboden auf den Balkon montiert, raffinierte Rollos an den großen Fenstern angebracht, mit deren Hilfe die Menge an gewünschtem Licht eingestellt werden kann, einen hochwertigen Teppichboden gelegt, das Badezimmer mit edlen blau-weißen Kacheln ausgestattet. Das Gäste WC hat ein original Jugendstilwaschbecken bekommen und die alten Flügeltüren in Eberhards Zimmern sind restauriert.

Nun wünscht der Vormieter einen Abstand von 10.000 DM einschließlich der Küchenübernahme, eine Summe, die sich Anna und Eberhard mit ihrem gemeinsamen Einkommen von 1.500 DM nicht vorstellen können.

Der Hausbesitzer, für den das Haus lediglich ein Abschreibungs-objekt ist, entscheidet sich dennoch für die beiden, denn er erkennt schnell, dass diese die anspruchslosesten und dank-barsten Mieter sein werden. Er empfiehlt dem Vormieter das, was er investiert hat, mitzunehmen, was dieser auch gründlich tut. Als er damit fertig ist, hat die Wohnung einen fleckigen grau-melierten Teppichboden, die Fenster sind schwarze Löcher, rollofrei, der Balkon hat einen rissigen Betonboden. Nur die Kacheln im Bad sind geblieben.

Und so stehen Anna und Eberhard in ihrer gemeinsamen, herun-tergekommenen Wohnung, so gut wie ohne Möbel und Geld.

Anna ist nicht weiter beeindruckt von dem Anblick, sie ist aus WG- und Krayer Zeiten das Improvisieren gewöhnt. Womit sie nicht gerechnet hat, ist Eberhards Haltung zum ganzen Geschehen: „Bevor mir etwas Hässliches ins Haus kommt, leben wir mit Apfelsinenkisten." Er verweigert dem hässlichen, aber praktischen Küchenschrank den Einzug in die gemeinsame Küche, nur der Stammtisch mit den bequemen Stühlen darf mit.

Anna ist froh, dass es die strikte Zimmeraufteilung gibt. Sie stellt die Krayer Eiche-Rustikal-Ausstattung ins Erkerzimmer samt Bettcouch und ist damit autark.

Die Mutter hat nach dem Verkauf ihres Bauunternehmens die alte Büroeinrichtung behalten, da sie - allein in ihrem Haus - genug Platz hat. Diese wandert nun komplett in die Isaballastraße, so dass Annas Büro eingerichtet ist.

Die Matratzen aus den Klappbetten kommen ins Schlafzimmer. Eberhard Widerstand ist durch die Aussicht, ansonsten auf dem Boden schlafen zu müssen, gering.

Während sich Anna in ihrem Teil der Wohnung wieder der Weiterbildungsarbeit widmet, repräsentiert Eberhard das Industriefilmunternehmen auf einem hochherrschaftlichen Rittergut in Duisburg, das seine Eltern und Arbeitgeber gekauft haben.

Die Einrichtung seiner Zimmer dauert lange, da er zu stolz ist, seine Eltern um einen Vorschuss zu bitten.

Die Filmfirma der Eltern läuft bestens. Sie machen Werbefilme für alle großen Industriefirmen im Ruhrgebiet: Hochtief, Ferrostal, Thyssen und Krupp. Für die Eltern steht fest, dass ihr Sohn die Firma übernehmen wird und entsprechend steigt sein Gehalt. Ein Dienstwagen wird gestellt und die Wohnung Zug um Zug eingerichtet. Auch Annas Einrichtung wechselt von Eicherustikal zu Nussbaum und Kirsche.

Während sich Anna auf Rhetoriktrainings und Schreibwerkstätten spezialisiert, erhält Eberhard den größten Auftrag seiner Karriere. Er soll für ein Firmenkonsortium einen Film über Atomkraftwerke drehen, der als Werbe- und Prestigeobjekt in Südamerika und Asien für die spezielle deutsche Technologie gezeigt werden soll.

Die Beziehung zwischen Anna und Eberhard bekommt einen ersten Riss. Anna leitet Anti-Atomkraftseminare und Eberhard kaut auf seinem Bleistift, da ihm kein Drehbuch einfallen will. Als ehemaliger Linker und Teilnehmer der Ostermärsche weiß er selbst, dass es ein Unding ist, den Auftrag anzunehmen.

Mitten in den Planungen kommt es am 26. April 1986 im Atomkraftwerk von Tschernobyl zum bisher schwersten Unfall in der Geschichte der Kernenergie. Zwei Explosionen zerstören einen der vier Reaktorblöcke und schleudern radioaktives Material in die Atmosspäre, das weite Teile Russlands, Weißrusslands und der Ukraine verseucht.

Der Auftrag für den Film wird auf Eis gelegt, Eberhard Gewissenskonflikt löst sich auf, doch der Riss in der Beziehung bleibt. Anna und Eberhard leben mehr und mehr nebeneinander her. Eine ganze Zeitlang ist es ein brauchbares Konstrukt. Beide verfolgen ihre jeweiligen Pläne. Anna wird zur Haus- und Hoftrainerin der wichtigsten Bildungspolitikerinnen in Nordrhein-Westfalen und zur Expertin für Führungskräfte in Schule und Bildung. Doch aller Erfolg kann nicht darüber hinwegtäuschen, dass sie sich nach einem erfüllten Liebesleben und mehr Übereinstimmung in einer Partnerschaft sehnt. Bei einer der seltenen „Begegnungen" mit Eberhard wird sie schwanger. Sie ist mittlerweile 39 Jahre alt und für sie steht fest, dieses Kind will und soll kommen, egal wie die Beziehung zu Eberhard läuft.

1990 wird Jan, ihr wunderbarer Sohn, geboren. Beide lieben ihr Kind, aber schon nach sechs Wochen zeigt sich, dass sie als Eltern nicht miteinander harmonieren werden. Eberhard verlässt morgens das Haus mit dem Kommentar: „Ich muss arbeiten" und Anna bleibt zurück mit Kind, Arbeit und Haushalt.

Jochen, mittlerweile Vater von vier Kindern, besorgt ihr einen Kindertagesstättenplatz und nebenbei beschäftigt sie noch eine Kinderfrau, da Annas Arbeitszeiten im Wesentlichen abends und an den Wochenenden liegen. Kind und Kinderfrau kommen mit zu Seminaren, damit sich Anna abends und in den Pausen um Jan kümmern kann.

Eberhards Arbeitszeiten werden durch die Aufträge bestimmt, die seine Eltern akquirieren und so kann es durchaus passieren, dass er Anna mitteilt: „Ich muss für 3 Wochen nach Saudi-Arabien, Indonesien oder Mexico zu Dreharbeiten."

Anna führt das Leben einer alleinerziehenden Mutter mit gelegentlicher Unterstützung des Kindsvaters, dessen akademisches Viertel darüber hinaus eher 1-2 Stunden beträgt.

Rü-Fest

Seit 1988 ist das Rü-Fest ein fester Bestandteil des Essener Veranstaltungskalenders und gilt weit über die Stadtgrenzen hinaus als bestbesuchter Tages-Event in NRW. Traditionell am zweiten Samstag im Juni präsentiert sich der Stadtteil auf der rund 2 km langen Rüttenscheider Straße (Rü) mit einem vielseitigen Programm, das Besucher aus dem gesamten Ruhrgebiet anzieht.

 Im Mittelpunkt des Programms steht eine Mischung aus Kunst, Handwerk, Kultur und Musik sowie ein umfangreiches gastronomisches Angebot für jeden Geschmack und jeden Geldbeutel. Rund 240 Stände schmücken den Straßenverlauf, die dahinter liegenden Läden sind geöffnet und bieten Spezialitäten aus ihrem Repertoire an.

Sieben Bühnen bieten Live-Musik, die Essener Brauereien und Weinhändler sorgen für die geistlichen Getränke. Tagsüber bieten sich dem vorwiegend familiären Publikum viele Attraktionen, wie Sport und Spielangebote, Kranaussichtsfahrten, Gesundheits-Check, Gewinnspiele, Modenschauen, Musik und Tanz. Abends finden sich an den Bühnen die Fans der Livemusik ein und Party ist angesagt. Wer will, feiert danach weiter in einer der After-Rü-Fest-Partys der anliegenden Clubs.

Was jährlich als Magnet auf mehrere zehntausend Besucher wirkt, ist für die Anwohner zwiespältig. Denn nichts geht mehr in ihrem Stadtteil außer Party. Eberhard freut sich auf das Fest, denn „endlich ist mal was los in dem verschlafenen Essen", so der ehemalige Wahlberliner. Anna graust es eher vor dem Gedränge auf den Straßen, besonders bei dem Gedanken, den zweijährigen Jan mitzuschleppen. Aber Eberhard winkt ab. „Den nehme ich auf die Schultern, da kann er alles sehen, und kommt nicht unter die Räder." Anna ist skeptisch und stimmt nur unter der Bedingung zu, dass sie nicht länger als zwei Stunden bleiben. Als sie endlich loskommen, ist es bereits später Nachmittag.

Auf dem Marktplatz ist die erste Bühne aufgebaut. Dort präsentiert die Miederkönigin Anne Penteker bei fröhlicher Volksmusik ihr neuestes Angebot an Dessous für die füllige Frau. Trauben von Männern sammeln sich an, insbesondere da der Stauderstand gegenüber für zügigen Nachschub an Bier sorgt.

Auch Eberhard, der Schöngeist, bleibt stehen und hält einen seiner beliebten Monologe über den Schmelztiegel Ruhrgebiet mit seinen diversen Geschmacklosigkeiten. Das hält ihn allerdings nicht davon ab, genussvoll auf die präsentierten Rundungen zu starren, die die fülligen, aber noch straffen Models in Miederware zur Schau stellen.

Vom Markt geht es dann auf die Rüttenscheider Straße. Mit dem Kommentar: „Ich muss mal eben Tabak holen", drückt Eberhard Anna das Kind in den Arm und verschwindet im Tabakladen. Für Anna ist Jan zu schwer, um ihn auf den Schultern zu tragen, besonders, da sie schon von hinten weitergeschoben wird. So schleppt sie ihn auf Arm und Hüfte zu einer Stelle, die weniger dicht bevölkert ist. Eine Wahrsagerin hat dort ihren Stand aufgebaut. Auf einem mit rotem Samt ausgelegten Tapeziertisch hat sie alles ausgebreitet, was glänzt und glitzert.

Jan ist interessiert und möchte die funkelnden Steine berühren, „die Vielen", einer seiner Lieblingsausdrücke. Er zappelt auf Annas Arm und will endlich runter zu den Vielen. Die Wahrsagerin ist entzückt von dem hübschen Jungen und fordert Anna auf, ihn abzusetzen. Er darf die Steine anfassen, wenn er vorsichtig ist. Jan ist vorsichtig und nimmt einen rosa Beryll in die Hand. Die

Wahrsagerin lächelt. „Ihr Kind ist ein Fischekind und das ist sein Geburtsstein."

Während Anna die Wahrsagerin verblüfft anschaut, nutzt Jan die Gelegenheit samt Stein unter dem Tisch der Wahrsagerin zu verschwinden. Als sie die Tischdecke hochheben, ist von ihm keine Spur mehr zu sehen. Einmal noch sieht sie am Nachbarstand sein blondes Haar aufblitzen, dann ist er auf flinken Beinen hinter den Ständen verschwunden. Anna ist zu groß, um ihm zu folgen und ruft voller Panik hinter ihm her. Er kann oder will es nicht hören, überall ist Stimmengewirr und laute Musik. Das Kind ist weg und Eberhard ist auch nicht wieder aufgetaucht.

So macht sich Anna verzweifelt auf die Suche und fragt an jedem Stand, ob ein kleiner blonder Junge gesehen wurde mit einem blauen Hemd und einer gepunkteten Pumphose. Statt hilfreicher Informationen erhält sie nur Sprüche:

„Wie kann man ein kleines Kind in diesem Getümmel von der Hand lassen?"
„Beten Sie, dass er nicht in eine Nebenstraße abbiegt und auf die Hauptstraße läuft!"
„Den finden Sie unmöglich bei 70.000 Besuchern."
„Selbst die Polizei kann jetzt nichts machen."

Anna ist mittlerweile in Tränen aufgelöst, was aber niemanden interessiert. Und dann plötzlich fällt ihr ihre NLP-Ausbildung ein. Ihr Ausbilder hatte sie damals gefragt: „Was ist deine hervorragendste Eingenschaft? Wenn du sie gefunden hast, beschreibe sie auf allen Sinnesebenen und in kleinen Handlungsschritten, dass die anderen sie nachmachen können."

Und sie erinnert sich an ihre hervorragendste Eigenschaft: Wenn das Chaos total wird, kann sie wie in Zeitlupe alle Emotionen ausblenden und sich präzise auf den ersten Schritt konzentrieren, der notwendig ist, egal was um sie herum passiert.

Und plötzlich ist alles klar: Es gibt sieben Musikbühnen abzuklappern und die Bandleader zu bitten, regelmäßig die Zuhörer*innen aufzufordern, nach einem zweijährigen Jungen mit blonden Haaren, einem blauen Hemd und einer gepunkteten Pumphose Ausschau zu halten.

Bei der dritten Bühne hat sie Glück. Die Band schmettert gerade „Rock around the clock tonight" und vorne neben dem Frontsänger tanzt selbstvergessen Jan zur Musik, ohne irgendein Anzeichen von Angst oder Irritation.

Anna stürzt auf die Bühne, der Frontsänger lacht: „Das ist unser jüngstes Bandmitglied. Er ist schon eine halbe Stunde dabei, der will bei uns bleiben." Anna schnappt sich ihren zappelnden Sohn. Für sie ist klar: Nie wieder Rü-Fest und nie wieder Eberhard.

Dachstübchen

Eine neue Wohnung mit Kind zu finden, ist gar nicht so einfach. Auch in den 1990er Jahren wollen die Vermieter keine alleinstehende Frau mit Kind. Anna läuft von einer Wohnungsbesichtigung zur nächsten. Sie findet eine Wohnung mit einem Spielplatz direkt vorm Haus, sie ist einfach ideal für ihre Bedürfnisse, doch ein anderer Bewerber steckt dem Makler ein hohes Bestechungsgeld zu.

Die erste Wohnung, die sie bekommen könnte, hat einen lebensgefährlichen Balkon, dessen Brüstung nur Einmeterzwanzig hoch ist, obwohl er im dritten Stock liegt. Eine Eisenstange, an der früher ein Katzennetz befestigt war, ragt in Kinderhöhe aus dem Beton, die geradezu einläd, auf die Brüstung zu klettern. Das kommt natürlich gar nicht in Frage.

Bei der Wohnung auf dem Dach der Uhdestraße ist es Liebe auf den ersten Blick. Hell, mit sandfarbenem Teppichboden, weiß gestrichenen Wänden, renoviert, erstreckt sich das große Wohnzimmer über die Hälfte der Wohnungsfläche.

Zur Straßenseite sieht man die Giebel der beiden gegenüberliegenden Jugendstilhäuser, gut erhalten und gefällig fürs Auge. Die Gartenseite wird begrenzt durch eine große Terrassentür, die auf den uneinsehbaren Balkon führt, der in die Dachgaube eingebaut ist. Das Licht, das durch die drei riesigen Tannen des Nachbargrundstücks in die Innenhöfe fällt, lässt die Gärten mehr erahnen als sehen. Die Tannenspitzen scheinen den Balkon zu berühren, was allerdings nur eine optische Täuschung ist. Auf dem Balkon ist es, als schwebe man über allem. Alles ist grün und Gardinen braucht hier kein Mensch.

Vom Flur aus geht es ins Schlafzimmer, geräumig, mit Dachschrägen, das ideale Kinderzimmer.

Gegenüber liegen ein schmales Bad und eine Minikochküche. Dahinter versteckt sich wie ein Geheimzimmer das Esszimmer, durch eine Schiebetür von der Küche getrennt. Es hat ebenfalls Schrägen und einen freiliegenden Stützbalken oberdrein. Zwischen ihm und der Wand ist eine Abstand von genau 1,43 Metern, ideal für Annas 1,40 Meter breites Bett.

Anna teilt ihr Entzücken ohne nachzudenken mit: „Endlich eine Wohnung, die nicht kaputt renoviert ist und vom guten Geschmack der Besitzer zeugt!" Was sie nicht weiß, ist, dass die Maklerin auf dem Weg zur Wohnungsbesichtigung eine Autopanne hatte und die Besitzerin gebeten hat, ausnahmsweise selbst die Wohnung zu zeigen. Die Hausbesitzerin ist angetan von Annas Kompliment und am Abend unterzeichnen sie den Mietvertrag. Anna und ihre Wohnung haben sich gefunden.

Im Schafzimmer passt ihr antiker Schreibtisch exakt unters Fenster, das Vertiko neben das Bett. Die Möbel vom Erkerzimmer ziehen in die eine Hälfte des Wohnzimmers, die Bücherregale und der Computertisch in die andere.

Ein eigenes Kinderzimmer gab es bisher nicht, da Jan immer da ist, wo Anna sich aufhält. Wieder kommen die Matratzen aus den Klappbetten zum Einsatz, dieses Mal als Bettenlager fürs geplante Kinderzimmer. Die ehemalige Wickelkommode wird vom Aufsatz befreit und zur Kleiderkommode für Jan. In die Mitte des Zimmers wird ein großer Spielteppich gelegt und Tina, ihre ehemalige Mitteamerin beim VAMV, kann noch einen Kinderschreibtisch beisteuern, für den ihr Sohn mittlerweile zu groß geworden ist. Und schon steht auch das perfekte Kinderzimmer.

Nur die Küche bereitet Anna Sorgen. Doch da ist wieder Jochen zur Stelle. Er konstruiert aus alten Hängeschränken seiner Eltern Stauraum für die Miniküche und der Mann ihrer Kollegin, Generalvertreter für Weißwaren, sorgt für Unterschränke mit Ceranfeld, Spülmaschine, Kühlschrank und einen Klapptisch, der sowohl als Arbeitsfläche als auch als Esstisch für vier Kinder nutzbar ist.

Anna und Eberhard finden eine Regelung, die für Anna ideal ist. Jan ist jedes zweite Wochenende beim Vater und die Hälfte der Ferien. Jan schafft für sich eine gute Übergaberoutine. Er will nur vom Kindergarten als neutralem Ort abgeholt werden. So muss er die Eltern nicht gemeinsam sehen und von einem Elternteil Abschied nehmen.

Er kam und blieb

Die ersten Ferien nach dem Umzug verbringen Anna und Jan mit ihrer besten Freundin und seiner Patentante Hanne auf Fuerteventura. Hanne hat diese Insel aufgetan und will sie Anna zeigen. Für Anna ist es eine Offenbarung. Alles ist da: Wüste, Meer, Wind und Sonne. Alle Elemente vereint und das ganzjährig und „ohne Araber"[3].

Es ist der 23. November 1994 und Annas Geburtstag. Hanne hat sich etwas Besonderes ausgedacht. Zur Vorbereitung fragt sie Anna nach ihrem Geburtstagstortenwunsch, wohlwissend, dass diese eigentlich nichts Süßes mag. Anna wünscht sich eine Erdbeer-Bananen-Kiwi-Torte, denn zum einen gibt es die sowieso nicht und selbst wenn, könnte sie alles abessen wie einen Obstsalat und den Boden liegenlassen.

Anna, Jan und Hanne verbringen den Geburtstag am Strand. Es ist warm und windstill, typisch für den November, und zum ersten Mal in ihrem Leben springt Anna durch die Wellen an den Grandes Playas, Fuerteventuras schönstem und größtem Strand im Norden der Insel. Sie singen laut „Happy Birthday" und Anna ist glücklich in der Sonne, im Licht zu sein, anstatt im Novemberblues in Essen. An Nachmittag kündigt Hanne die Geburtstagsüberraschung an: „Deine Torte wartet auf dich in Corralejo, im deutschen Café. Wir müssen uns beeilen, um pünktlich dorthin zu kommen."

---

[3] Als junges Mädchen mit langen blonden Haaren hat Anna schlechte Erfahrungen im Urlaub mit arabischen Männern gemacht, die sie verfolgt und belästigt haben. „Araber" steht für sie hier als Symbol für distanzlos und aufdringlich. Selbstverständlich sind damit nicht arabische Menschen allgemein gemeint.

So ziehen sie versandet, salzig, ungekämmt in Shorts und Bade-latschen zum Café Aleman, wo eine Erdbeer-Bananen-Kiwi-Torte am Fensterplatz mit seitlichen Meerblick auf sie wartet.

Paul, der Besitzer des Cafés, hat es möglich gemacht, diese Kombination beim deutschen Bäcker in Puerto del Rosario zu bestellen. Vor dem Anschneiden besteht er auf sein Ritual. Als erstes lässt er die Sektkorken knallen und läd die anwesenden Gäste des Lokals zum Anstoßen und Happy-Birthday-Singen ein. Anschließend fordert er alle auf, die Tische an den Rand zu stellen, um so eine Tanzfläche zu schaffen, denn „zu einem ordentlichen Geburtstag gehört unbedingt ein Wiener Walzer."

Und schon ertönt aus seiner Musikanlage der Schneewalzer, das wohl bekannteste Tanzlied der deutschsprachigen Volksmusik-szene – passend zu November bei 30 Grad.

Paul schappt sich Anna und dreht sie schwungsvoll im Kreis. Es ist ein Kunst- und Paradestück auf Badeschlappen, die sie dann schnell von sich kicken muss, als Paul die Richtung ändert und linksherum tanzen will.

Anna, die als Jugendliche eine begeisterte Standardtänzerin war, trifft bei Paul auf einen ebenso begeisterten Tänzer, der zupacken kann und sicher führt. Die Gäste klatschen und reihen sich ein. Anna laufen vor lauter Rührung ein paar verstohlene Tränen herunter und hinterlassen feine Linien auf ihrem mit Sand und-Salz gepuderten Gesicht. Zu viert machen sie sich dann über die Torte her und verputzen sie bis zum letzten Krümel.

Die nächsten Monate geht Paul Anna nicht aus dem Sinn. Er ist so voller Lebensfreude und Sinnlichkeit. Bald telefonieren sie täglich, sie nennt ihn den Pferdeflüsterer, obwohl sie natürlich kein Pferd ist, aber er kann so wunderbar ins Telefon flüstern. Nie hätte sie gedacht, dass es möglich ist, sich am Telefon zu verlieben. Ein halbes Jahr später fliegt sie ohne Jan nach Fuerteventura und landet mit Paul in einem Hormonrausch, wie sie ihn noch nie zuvor erlebt hat. Sie taumeln gemeinsam durch die Orgasmen und spielen dabei „ewige Liebe".

Wieder zurück in Essen weiß Anna, dass es wunderbar ist, viermal im Jahr zu Paul zu fliegen und ansonsten ihren Alltag mit Jan und ihrem Job zu leben. Für sie sind knapp 4.000 Kilometer ein guter Abstand. Paul sieht es anders. Er hat in Spanien ein edles Wohnmobil erworben. Seine Ex-Freundin wollte immer mal zelten, aber dazu ist es nicht mehr gekommen. Jetzt freut er sich, dass auch Anna gerne campt. Er überlässt seiner Aushilfe für zwei Wochen das Café und fährt mit dem Wohnmobil nach Deutschland, um Anna zu überraschen. Mit dem Kommentar „Du hast gesagt, dass du mit mir leben willst" steht er plötzlich in Essen vor ihrer Tür.

In Annas Alltag ist kein Platz für einen Mann. Für eine Woche kann sie sich Freiraum schaffen, dann muss auch er nach Fuerteventura zurück, länger kann er sein Café nicht allein lassen. Das Wohnmobil lässt er auf dem Parkplatz vor Annas Haustür zurück. Es versperrt den Paterrebewohnern den Blick nach draußen und es ist nur eine Frage der Zeit, wann es Ärger geben wird.

Ziemlich bald wird in der Nachbarschaft herumgefragt, wem das Wohnmobil mit dem spanischen Nummernzeichen gehört. Anna muss sich outen und wird dringend gebeten, den Wagen wegzufahren. Dass sie keine Autoschlüssel hat, wird ignoriert.

Inzwischen hat Paul einen Bekannten getroffen, der ein paar Tage in Essen arbeiten soll. Er bietet ihm an, für diese Zeit im Wohnmobil zu wohnen, gibt ihm den Schlüssel mit und bittet ihn, im Gegenzug das Auto an einem anderen Ort zu parken. Ricardo findet den Parkplatz vor Annas Haus jedoch perfekt. Er zieht die Gardinen von den Fenstern zur Seite, damit es heller wird und nimmt morgens eine ausführliche Dusche, die die älteren Nachbarn, die gerne mit einem Kissen auf der Fensterbank lehnen, mit ansehen müssen. Ricardos Pracht ist genau in ihrer Augenhöhe. Essen-Holsterhausen ist empört.

Abends trinkt Ricardo gerne ein Fläschchen Rotwein und raucht dazu eine Schachtel Zigaretten, natürlich mit offenen Fenstern und Türen, so dass zur Sichtbehinderung noch das allabendliche Einqualmen dazu kommt. Bevor das Ordnungsamt, das bereits benachrichtigt ist, eingreifen kann, füllt ein findiger Nachbar das Türschloss mit Industriekleber.

Ricardos Zeit in Essen ist um. Er wirft den Autoschlüssel in Annas Briefkasten und verschwindet spurlos. Anna ruft den ADAC, um die verklebte Tür aufbrechen zu lassen und Jochen ist bereit, das riesige Wohnmobil woanders hinzufahren. Er stellt es auf einer Hauptstraße ab und sie hoffen, das Thema vorübergehend abzuschließen zu können, bis Paul eine Entscheidung getroffen hat, was mit dem Wagen passieren soll.

Beim zweiten Besuch in Essen entscheidet Paul, dass ein deutsches Nummerschild sinnvoll und notwendig ist und meldet ihn ungefragt in der Uhdestraße an.

Recht und Ordnung

Es ist der 8. März 1995, Jans 5. Geburtstag. Sechs Freunde sind eingeladen und gerade dabei, sich die Geburtstagstorte einzuverleiben, als es an der Tür heftig läutet. Als Anna die Wohnungstür öffnet, stehen drei Polizisten mit Pistole im Anschlag vor ihr und treten dann in schnellen Schritten in die Wohnung.

Die Kinder sind begeistert von dieser ungeahnten Geburtstagsüberraschung. Paul und Anna sind überzeugt, dass es sich um eine Verwechslung handeln muss, doch der erste Polizist sagt klar und deutlich: „Wir suchen einen Herrn Paul Meister, wir haben einen Haftbefehl."

Anna ist geschockt. „Wir feiern hier Kindergeburtstag, es muss ein Irrtum vorliegen." Das hält den zweiten Polizisten nicht davon ab, Paul Handschellen anzulegen und ihn abzuführen. Es ist wie in einem schlechten Krimi. Paul darf am nächsten Tag einen Anruf tätigen und teilt Anna mit, dass seine Ex-Frau und seine beiden Söhne Anzeige gegen ihn erstattet haben wegen Unterschlagung in einem Konkursverfahren vor neun Jahren. Dass sie ihn nun verhaftet haben, konnte nur geschehen, weil er das Wohnmobil in Essen angemeldet habe und damit in Deutschland wieder aktenkundig geworden sei. Alles sei ein großes Missverständnis.

Annas Kollegen raten ihr, sofort einen Anwalt einzuschalten. Dieser sorgt dafür, dass Paul nicht nach Heilbronn in das zuständige Gefängnis seiner ehemaligen Heimatstadt überführt wird und der Prozess in Essen stattfinden kann.

Annas Rücklagen reichen gerade für die zu stellende Kaution. Paul muss in Essen bleiben und sich zweimal die Woche auf dem Polizeirevier melden. Anna bleibt nichts anderes übrig, als ihn erst einmal in ihre Wohnung aufzunehmen, zumindest bis zum Prozess.

Paul ist in den Jahren auf den Kanaren zum Alleskönner geworden. Er kann Schränke bauen, Leitungen legen, maurern, im Gunde alles, was Anna nicht kann. Und er hat nichts zu tun, während Anna voll ausgelastet ist mit Arbeit und Kind.

Bei seinem ersten Besuch hatte sie angedeutet, dass ein Einbauschrank im Flur super wäre. Und so leiht er sich Geld und kauft die Materialien für einen großen Schrank. Sein Tag ist ausgefüllt mit Hämmern und Sägen und nach und nach entsteht ein Schrank, der so gar nicht zu Annas antiken Möbeln passt. „Was nicht passt, wird passend gemacht!" so Pauls Lieblingsspruch. „Am Ende kleben wir Spiegelkacheln drauf, dann passt es zu allem."

Nach dem Schrank nimmt er sich die Türen vor, die nach der letzten Lakierung nicht mehr so gut schließen. Mit dem Hammer werden die Schlösser bearbeitet, ungeachtet der Tatsache, dass der Lack herum absplittert. Als dann noch der Vorschlag kommt, Annas wunderbar helles Wohnzimmer durch eine Wand zu teilen, damit sie ein Zimmer mehr haben, ist endgültig klar: Der Mann braucht eine eigene Wohnung.

Endlich ist der Tag der Gerichtsverhandlung gekommen und bestätigt die Geschichte, die Paul erzählt hat. Er ist wirklich Millionär gewesen. Er besaß eine gutgehende Firma, die Computersoftware für den Bau entwickelt und vertrieben hat. Um Steuern zu sparen, lief sie auf den Namen der Gattin und seine beiden ältesten Söhne besaßen Prokura. Die Ehe hatte sich totgelaufen und auf den Messen war Paul mit seiner Sekretärin Jutta unterwegs. Es kam, wie es kommen musste, sie begannen ein Verhältnis und als Jutta nach Gran Canaria auswandern wollte, war Paul dabei. Mit 100.000 DM in der Tasche flogen sie auf die Insel, um sich ein Restaurant anzuschauen, das Jutta in der Zeitung entdeckt hatte. Juttas erwachsener Sohn sollte die Küche übernehmen, Paul die Organisation und Zuarbeit, Jutta den Service.

Über welche Kanäle die Familie Meister von den Plänen erfahren hat, ist nicht mehr zu rekonstruieren. Die Meisters, Mutter, die beiden mitarbeitenden Söhne, ein weiterer Sohn und die Tochter, riefen den Familienrat ein und reagierten blitzschnell auf Pauls Verrat. Das vorhandende Kapital wurde in eine andere Firma transferiert und für die ursprüngliche Firma Konkurs angemeldet.

Währenddessen hatten Paul und Jutta ein Restaurant auf Gran Canaria gefunden und die 100.000 DM angezahlt. Als sie von ihrem Urlaub zurückkamen, war Paul pleite und Jutta gefeuert. Der Bruch war total.

Paul und Jutta packten ihre Sachen und zogen nach Gran Canaria. Paul ignorierte den Brief der Staats-anwaltschaft, dass er als Zeuge im Konkursverfahren geladen war und auch alle Schreiben danach. Paul und Jutta mieteten zusätzlich ein Café auf Fuerteventura mit dem Ziel, längerfristig auf der ruhigeren Insel zu leben. In Deutschland wartete der Haftbefehl wegen Ignorierung des Gerichts darauf, dass Paul wieder nach Deutschland einreisen würde.

Um es kurz zu machden: Am Ende des Prozesses wird die Kaution einbehalten und Paul muss zusätzlich 400 DM an die „Gesellschaft zur Rettung Schiffsbrüchiger" bezahlen. Annas Rücklagen sind weg und Pauls Café wurde zwischenzeitlich aufgebrochen und geplündert. Paul tut das, was er immer tut, er geht dahin, wo die Frau ist, mit der er leben will und das ist Anna in Essen.

Zu Annas Erleichterung bietet ein befreundeter Ingenieur Paul einen Job in seiner Firma in Aschaffenburg an. Paul sagt zu mit dem Hintergedanken, dass es nur eine vorübergehende Lösung sein kann. Er tauscht das Wohnmobil gegen einen Ford Mondeo, arbeitet die Woche über in Aschaffenburg und ist am Wochenende in Essen. Für Anna ist das die beste Lösung. Sie lebt in der Woche ihr Leben mit Kind und Job, am Wochenende Kleinfamilie und jedes zweite Wochenende ist „sturmfrei", wenn

Jan bei Eberhard ist. Dann ist Zeit für Liebe, Rausch und Zweisamkeit, die Dinge eben, für die Anna einen Mann braucht. Alles andere teilt sie mit Freundinnen und Kolleg*innen.

Die Jahre bis zu Jans Pubertät vergehen wie im Flug. Annas Bildungseinrichtung wächst und sie selbst ist bekannt und anerkannt als Trainerin und Coach rund um das Thema Kommunikation und psychische Gesundheit. Als in Annas Haus eine Wohnung frei wird, zieht Paul kurz entschlossen dort ein. Es wird zunehmend schwieriger zwischen den beiden, denn es verbindet sie immer weniger.

Jan beginnt seinen Weg zu gehen, Anna ist auf dem Höhepunkt ihrer Karriere und der deutlich ältere Paul bereitet sich auf das Leben als Rentner vor. Während Anna noch überlegt, wie sie sich am besten von Paul trennen kann, hat dieser schon Mike im Blick, die Wurstfachverkäuferin, die allabendlich in der Kneipe um die Ecke zu finden ist, und Interesse an dem Herrn Ingenieur zeigt.

Für Anna steht fest, mit Männern ist sie für dieses Leben durch.

Kunst auf Fuerteventura

Das Basteln an immer neuen Projekten füllt Anna aus, sie konzipiert die erste Schulcoachausbildung in Nordrhein-Westfalen und geht parallel ihrer zweiten Leidenschaft nach, dem Schreiben zu Bildern. Jede Kunstausstellung wird zum doppelten Genuss – das Anschauen der Bilder und das anschließende Schreiben dazu.

In ihren Urlauben auf Fuerteventura macht sie sich auf die Suche nach Künstler*innen, die ihre Liebe zur Insel Audruck verleihen. Sie findet sie in der Casa Mané, einem Privatmuseum im Norden der Insel.

Anna möchte ihre Lieblingsmalerinnen Nuria del Pino und Greta Chicheri persönlich kennenlernen und sich die Erlaubnis einholen, in Seminaren zu deren Bildern schreiben zu lassen und anschließend Bilder und Texte auf ihrer Website zu veröffentlichen.

Während sie wieder einmal durch die Ausstellungsräume wandert, zieht sie eine Wand mit drei Bildern magisch an. In grau-weiß Tönen gehalten grüßt sie ein Engel von seinem Marmorblock herunter.

Später wird eine Kuratorin in einer anderen Ausstellung sagen: „Erst der Betrachter macht das Bild zum Kunstwerk".

Dies ist Annas Kunst und ihr Bild. Über den Maler, Edi Mann, ist nicht viel zu erfahren.

Also macht sie wie immer Fotos, um wenigstens „Reproduktionen" der Bilder für sich privat mitnehmen zu können. Während sie Greta und Nuria besucht und ihr Okay einholt mit ihren Bildern zu arbeiten, vergisst sie Edi Mann, aber nicht den Engel.

Ein Jahr später ruft ihre Nichte Lisa - auch eine Fuerteventura-Liebhaberin - ihre Tante Anna an und berichtet, sie sei auf die Website von Edi Mann gestoßen und habe dort Chakrenbilder gefunden. Was für ein Zufall. Seit 30 Jahren ist die Chakrenarbeit Annas liebste Alternative zur Seminararbeit im Bildungsbereich: Schreiben, Malen, Tanzen, Energiearbeit zu und mit den Chakren in immer wiederkehrenden Zyklen und zu unterschiedlichen Themen.

Anna schaut sich die Chakrenbilder im Netz an und weiß, sie braucht sie für ihre Arbeit. Sie mailt Edi Mann und fragt, ob es möglich ist, einen Druck seiner Chakrenbilder zu bekommen. Zwei Wochen später sind sie bei ihr.

Die Arbeit mit Edis Bildern wird ein großer Erfolg. Mittlerweile hat Anna Selbstcoaching-Materialien zu den Bildern von Greta und Nuria entwickelt und so liegt es nahe, irgendwann auch bei Edi aufzulaufen und ihn zu bitten, ihre Chakrenarbeit mit seinen Bildern ins Netz stellen zu dürfen. Außerdem wartet immer noch der Engel auf eine erneute Begegnung.

Bei ihrem nächsten Urlaub ist es dann so weit. Sie verabredet sich mit Edi Mann, um seine Bilder zu sehen und ihre Neugier zu stillen, welcher Mensch sich hinter diesem begnadeten Maler verbirgt.

Sie kam und blieb

Edi erwartet Anna am Tor sei-
nes von ihm so benannten
„Grenzlandes". Er ist ein sym-
pathischer, attraktiver Mann
mit einer ganz besonderen
Ausstrahlung. Schon beim ersten Gespräch erkennen sie
viele Parallelen.

Beide schreiben, lieben die Kunst und interessieren sich dafür,
wie der Mensch und die Welt funktionieren. Sie haben dieselben
Bücher gelesen und einen ähnlichen Humor. Anna ist auf einen
Seelenverwandten getroffen, etwas das sie nach der Trennung
von Anders vor knapp vierzig Jahren nicht mehr zu erleben ge-
glaubt hat.

Und unterschwellig brodelt das Tier. Nach wenigen Besuchen
muss sie sich eingestehen, dass sie sich verliebt hat.

Es ist das Jahr 2020. Corona hält die Welt in Atem. Alles verändert
sich unter der Angst vor dem Virus. Auch in Annas Leben wird
Corona zum Brandbeschleuniger. Ihr Seminarraum ist zu klein,
die nun vorgeschriebenen Abstände erlauben nur noch ein Arbeiten mit vier Teilnehmer*innen, was weder lukrativ noch sinnvoll
ist. So schließt sie die laufenden Schulcoach-Ausbildungen ab,
löst ihre Praxis auf und zieht zu Edi ins Grenzland.

Das Grenzland

Das Grenzland zu beschreiben ist eigentlich unmöglich, denn es ist ein Ort ständiger Veränderung.

14.000 Quadratmeter Land, geschützt durch zwei Berge, den Muda und den Quemada auf der einen Seite und mit offenem Blick in die Weite zur anderen, liegt das Grenzland mitten im Nirgendwo. Ihr einziger Nachbar ist der Dichter und Philosoph Miguel Unamono, der von seinem Denkmal auf dem Quemada über das Land blickt.

Das Land und alles, was sich darauf befindet, wurde in 25 Jahren von Edi selbst gebaut, ein Gesamtkunstwerk, ein Land der permanenten Gegenwart. Jeden Tag geht der Künstler über das Land und tut, was getan werden muss, mit Gleichmut, Ruhe und Fleiß.

Vom Eingangstor, das auf Kinderwagenrollen montiert ist, schaut man rechts auf die Kakteenspirale, aus deren Früchten sowohl ein leberstärkender Saft als auch ein magenfreundlicher Likör gewonnen wird. Zur linken Seite eine große Pitaya-Hecke, die viele Drachenfrüchte hervorbringt, wenn die Bewohner bereit sind, die Bestäubung mangels Bienen selbst in die Hand zu nehmen.

Dahinter liegt die Terrasse des Wohnhauses, die mit ihrer Fischernetzverkleidung ein wenig an Pippi-Langstrumpf-Filme erinnert. Nur das Pferd auf der Terrasse fehlt.

Dafür sind mit Anna die beiden schwulen Rehe, Will und Bill, eingewandert, ausgestattet mit ihren Fliegerbrillen, roten Strümpfen und rot-weiß gestreiften Schals, schauen sie gefühlsvoll dem Betrachter entgegen, wie eben nur Rehe schauen können.

Der Terrassenboden und der große Tisch ist aus Marmorkacheln gefertigt. Verarbeitet wird, was der Sperrmüll auf Fuerteventura hergibt, und das ist viel im Laufe der Zeit, denn überall auf der Insel wird gebaut und umgebaut für den Tourismus. Betritt man das Wohnhaus, beeindruckt als erstes der Naturstein, aus dem die Wände gemauert sind. Edi ist nicht nur ein guter Maler, sondern auch ein findiger, versierter Handwerker und Techniker, der die Herausforderung liebt. Unter seinen Händen entstehen kreative Räume und Gebäude, die erstaunlicherweise auch den Gesetzen der Statik standhalten.

Der rechte Teil des Hauses enthält die Küche und ein Hochpodest mit Matratze, das als Wohnzimmercoach-Ersatz dienen kann und Anna an den ständigen Mitzug der Matratzen aus den Klappbetten der Kindheit erinnert. Unter dem Podest befindet sich der sogenannte Keller, in dem Lebensmittel kühl gelagert werden, denn die Solaranlage liefert nicht genügend Strom für eine Tiefkühltruhe.

Ein Einbauschrank teilt das Haus in zwei Teile. Die linke Hälfte ist das gemütliche Schlafzimmer, dessen Fenster einen großen Erker bilden, in dem man sich an kalten Winternachmittagen im Sonnenlicht aufwärmen kann. Für kalte Abende und Nächte gibt es den gusseisernen Holzofen, der dem Haus Wohlgeruch und Wärme spendet. Krönender Abschluss des Hauses ist das Badezimmer, in dem die Toilette drei Stufen erhöht „thront", um ein Gefälle zu erzeugen. Fünf Trommeln aus Oberlader-Waschmaschinen übereinandergestapelt bilden den Badezimmerschrank.

An das Wohnhaus schließt sich ein Appartement an, das als Annas Schreibstübchen und Arbeitszimmer dient, und gelegentlich ausgewählte Gäste beherbergt.

Es hat zwei Ein- bzw. Ausgänge, einen zur Terrasse, den anderen in den Gemüsegarten, denn Edi ist auch noch leidenschaftlicher Gärtner. Für Anna, das Stadtkind, ist der Gemüsegarten ein Buch mit sieben Siegeln. Permanent wird neu- und umgepflanzt, in Töpfen vorgezogen und Samen geerntet. Sie spezialisiert sich darauf, aus dem Erkennbaren kreative Kombinationen zu kochen, wobei ihr die Erfahrungen der WG-Zeit, aus Essensresten immer neue Speisen zu erfinden, zu Gute kommen.

Hinter dem Gemüsegarten liegt die Galerie. Dort kann sie ihren Lieblingskünstler stolz präsentieren, der sich freut, in Anna *seine* Galeristin zu finden.

Von Hühnern und anderem Getier

Anfangs hat Anna Sorge, dass es schwierig sein könnte, ihren eigenen Platz im Grenzland zu finden. Da sie jedoch weiß, schreiben hilft immer, setzt sie sich täglich an ihren Schreibplatz mitten im Land.

Ihr Schreibplatz besteht aus einer Kabeltrommel als Tisch, vor der über Eck zwei Bänke aufgestellt sind, eine mit Lehne, die andere ohne. Ein Windschutz aus Holzpaletten - der Werkstoff, aus dem fast alles auf dem Land gebaut wird - macht es möglich, ganzjährig draußen zu arbeiten.

Während Anna ihren Blick übers Land streifen lässt, beginnen sich Geschichten zu schreiben. Vor sich sieht sie die dritte Bank, die Doppelbank. Sie hat zwei gegenüberliegende Sitzpätze, so dass die Platznehmenden Rücken an Rücken sitzen und auf die jeweils entgegen gesetzte Seite des Landes schauen.

Was liegt näher, als die Geschichte der Streitschlichtungsbank zu schreiben, auf der die Kontrahenten ihre Vorwürfe in die Welt rufen können, ohne einander anzusehen. Alles darf gesagt werden und verpufft in der Weite des Landes und dem ständigen Wind der Insel. Zurück bleiben die wippenden Strelitzien, etwas zerzauste Bananenstauden, im Gegenlicht flirrende Gräser und zitterndes Zitronengras. Der Geist wird leer und die Vorwürfe nichtig.

Hinter der Doppelbank liegt der Hühnerstall. Spark, ihr Bardino-Mischling, sitzt an seinem Lieblingsplatz vor dem Stall und schaut „Chicken-TV". Stundenlang kann er die Hühner beobachten ohne erkennbare Aufregung. Sobald jedoch ein Huhn, aus welchem Grund auch immer aufflattert, erwacht sein Jagdinstinkt. Zum Glück sind Hund und Hühner durch einen Zaun getrennt.

Anna sitzt an ihrem Schreibplatz, meditiert mit den Hühnern, beobachtet ihre Eigenschaften und philosophiert über deren Intelligenz, die sehr zu wünschen lässt. Sie wartet auf eine Geschichte, die geschrieben werden will, als ihr Blick auf ein kleines schwarzes Huhn fällt, das sich auf der falschen Seite des Zaunes befindet. Noch pickt es ruhig vor sich hin, ohne zu merken, dass es sich direkt vor dem Hund bewegt, der es im Moment interessiert anschaut.

Annas Verstand arbeitet auf Hochturen. Wie kann sie sich anschleichen, ohne dass der Hund reagiert und das Huhn in Folge aufflattern wird? Zwanzig Schritte trennen sie von den beiden und sie muss sich entscheiden, wen sie schneller einfangen kann. Schnappt sie den Hund, ist das Huhn immer noch draußen und der Hund, in seinem Jagdfieber ist stärker als Anna und wird sich losreißen. Also das Huhn. Egal wie, sie muss es gleich beim ersten Mal erwischen, bevor es losflattern kann. Noch nie hat sie ein Huhn eingefangen, also wie soll sie strategisch vorgehen?

In diesem Augenblick bewegen sich beide, Huhn und Hund nehmen Anna die Entscheidung ab. Sie rennt brüllend los und erwischt das Huhn gerade noch an den Schwanzfedern. Wie eine Diskuswerferin holt sie aus und wirft das Huhn zurück auf die andere Seite des Zauns. 26 Hühner laufen ihm laut gackend hinterher, empört über die Störung im Hühnergehege. Eine neue Disziplin ist geboren: Hühnerweitwurf.

Es ist tiefe Nacht ist im Grenzland, als der Hund anschlägt. Mit einer Taschenlampe macht sich Edi auf den Weg, um nachzuschauen, was die Ursache des Gebelles ist. Anna folgt ihm vorsichtig. Zwei muntere Igel sitzen in Sparks Hundefutter und schmatzen laut vor sich hin in der Gewissheit, dass der Hund ihnen nichts tun kann. Jetzt ist Logistik gefordert. In schwärzester Nacht mit einer Taschenlampe bewaffnet muss ein Eimer gefunden werden, um die Igel darin zu parken, Handschuhe, um sie hineinzuheben, denn Igel stecken bekanntlich voller

Ungeziefer, da sie sich weder kratzen noch putzen können. Doch Edi kennt sein Land, jeder Handgriff sitzt. Der Hund legt sich wieder zur Ruhe, nachdem er sicherheitshalber seinen Napf leergefressen hat, denn man weiß ja nie. Am nächsten Tag werden die Igel hinter dem nächsten Ort ausgesetzt, vier Kilometer entfernt. Die Angelegenheit ist geregelt.

So denken die Menschen. Die Igel haben andere Pläne. In der nächsten Nacht sitzen drei Igel im Hundefutter, nachdem sie bereits die Wasserschüssel und den Fressnapf der Katze durchwühlt haben. Eine weitere Runde wird eingeläutet: Taschenlampe, Eimer, Handschuhe, den Eimer samt Igel auf den Pickup stellen und wieder ab ins Bett. Doch Ruhe ist dem Grenzland nicht vergönnt. Eine knappe Stunde später ertönt erneut wütendes Gebelle. Zwei weitere Igel haben das Hundefutter erobert. Sie hatten sich zuvor anscheinend im Gestrüpp versteckt.

Mit leichtem Galgenhumor postet Anna am nächsten Morgen ein Foto: „Die Igel übernehmen die Welt", denn der Blick in den Eimer ruft die Assoziation der Erdkugel hervor.

Außerdem stellt sie das Futter direkt vors Haus, eine Stufe erhöht, sodass die Igel es nicht mehr erreichen können.

Dieses Mal werden die Igel noch weiter weg gebracht. Annas Freund*innen finden die Igel süß und schlagen vor, ihnen Asyl zu geben. Anna jedoch ist nur müde nach zwei unterbrochenen Nächten. Und noch ist es nicht vorbei mit den Igeln. In der dritten Nacht bellt der Hund vor der Tür des Gemüsegartens. Dieses Mal müssen Edi und Anna mit zwei Taschenlampen anrücken, um das Gebiet abzusuchen und den Grund zu erforschen. Allerdings können sie nichts Verdächtiges entdecken. Zu ihrem Leidwesen finden sie die Lösung erst am nächsten Morgen. Tiefe Furchen sind durch die Beete gezogen. Eine neue Meute Igel hat sich zu den Regenwürmern durchgegraben, Würmer, die Edi geduldig in einer angerosteten Badewanne züchtet und dringend zur Auflockerung des Bodens braucht.

Anna und Edi beschließen, die Igel 10 Kilometer weit weg-zubringen. Anna schlägt außerdem vor, sie mit ein wenig Leuchtfarbe anzusprühen, um herauszufinden, ob es sich bei eventuellen weiteren Igelbesuchen um dieselben Igel handelt. Drei Tage ist Ruhe im Grenzland. Am vierten Tag sitzen zwei muntere Leuchtigel im Hundefutter. Anna googlet, dass es sich um Wanderigel handelt, die bis zu 20 Kilometer am Tag zurück-legen können und ihr Grunzen ihnen dabei zur Orientierung dient. Eine Igelfalle wird aufgestellt, in der schon die Katze und eine paar Hasen gefangen wurden, und - um weiteres nächtliches Gebelle zu verhindern - so platziert, dass sie den Hund nicht stört.

Zwölf in die Falle gegangene Igel werden Freunden mitgegeben, die weiter als 30 Kilometer entfernt wohnen und sie an geeigneten Stellen aussetzen können. Das Land ist endlich igelfrei.

Anna widmet sich wieder dem Schreiben, Edi der Kunst und beide zusammen dem ruhigen Landleben.

Nachwort

Anna sitzt an ihrem Schreibplatz vor dem Hühnerstall. Sie spürt dem Weg nach, den ihr Leben genommen hat: vom Ruhrgebiet ins Grenzland, vom schüchternden Mädchen zum Coach und zur Schreiberin, von Orten, an denen sie gelebt hat und deren Zeitgeistern, von Identitäten, Wechseln und Weiterentwicklung.

Sie lauscht den Geschichten, die geschrieben werden wollen und beginnt.

 Ike Sprenger, Jahrgang 1951, Dipl. Päd., Systemischer Coach, Schreibcoach und Autorin, aufgewachsen im Ruhrgebiet.

Zahlreiche Veröffentlichungen in Fachzeitschriften und hauseigenem Verlag zu den Themen Führung, Zeit- und Selbstmanagement, Coaching und Schreibcoaching.

„Geschrieben habe ich, solange ich mich zurückerinnern kann. Jetzt ist es an der Zeit, die Schätze zu bergen und einem breiten Publikum vorzustellen."

„Ein Dutzend Orte und ihre Zeitgeister" ist ihr erster „Episodenroman".

Er umfasst die Jahre 1951 bis 2020 und schildert anhand der Orte, an denen sie gelebt hat, ausgewählte Geschichten aus dem Leben von Anna und dem jeweils herrschenden Zeitgeist."